塞上文艺名家书系

癸巳冬 郑歌平

吴淮生诗文选

吴淮生 著

黄河出版传媒集团
宁夏人民出版社

图书在版编目（C I P）数据

吴淮生诗文选 / 吴淮生著. —银川：宁夏人民出版社，2015.8
（塞上文艺名家书系 / 杨梓主编）
ISBN 978-7-227-06091-8

Ⅰ. ①吴… Ⅱ. ①吴… Ⅲ. ①诗集—中国—当代②散文集—中国—当代 Ⅳ. ①I217.2

中国版本图书馆CIP数据核字(2015)第212506号

塞上文艺名家书系　　杨　梓　主编
吴淮生诗文选　　吴淮生　　著

责任编辑　姚小云
封面设计　黄河浪
责任印制　肖　艳

黄河出版传媒集团
宁夏人民出版社　出版发行

地　　址　银川市北京东路139号出版大厦　（750001）
网　　址　http://www.yrpubm.com
网上书店　http://www.hh-book.com
电子信箱　renminshe@yrpubm.com
邮购电话　0951-5052104
经　　销　全国新华书店
印刷装订　宁夏报业传媒印刷有限公司
印刷委托书号　（宁）0017803

开　　本　880mm×1230mm　1/32
印　　张　8.75
字　　数　200千字
版　　次　2015年9月第1版
印　　次　2015年9月第1次印刷
书　　号　ISBN 978-7-227-06091-8/I·1540

定　　价　36.00元

序：长河潺流两山间

郑歌平

宁夏历史悠久，文化源远流长，回汉各族群众在这片神奇的土地上创造了灿烂的文化。在六盘山与贺兰山之间的大地上，黄河从古到今潺潺流过，黄河文化、回族文化、西夏文化、红色文化等相互碰撞、相互交流、相互融合，塞上大地呈现出思想艺术俱佳、风格独特多样、雄浑典雅并存的文学艺术景象。

宁夏回族自治区成立后，尤其是改革开放以来，在自治区党委和政府的正确领导下，宁夏发生了翻天覆地的变化。而宁夏文学艺术也伴随着自治区的发展而繁荣，结出了丰硕的果实。一大批有朝气、有才华、有创意的优秀文艺人才，以讴歌时代、讴歌人民、凝聚力量、鼓舞人心为己任，辛勤实践，努力耕耘。一大批优秀的文艺作品，深情讴歌了我国改革开放发展的历程，生动描写了宁夏各族人民的生活，充分展示了生活中源远流长的真善美的情愫，浓墨重彩地描绘了宁夏人民奋斗拼搏的心灵图景。宁夏文学艺术已经成为对外宣传宁夏的一个明亮窗口，一张引人关注的精彩名片。

在文学方面，20世纪80年代初，历尽人生磨难的张贤亮，以其饱经沧桑之后的慷慨悲歌重归文坛，他的中短篇小说三次荣获全国优秀小说奖，并被搬上银屏。同时，一批中青年作家佳作迭出，共同推动着宁夏文学的发展。90年代，宁夏设立了繁荣宁夏长篇作品创作的“金骆驼丛书”，活跃了长篇作品的创作和出版。进入新世纪，宁夏文学由一棵“绿化树”到“三棵树”“新三棵树”，再到郁郁葱葱的“文学林”，宁夏青年作家群集体亮相全国文坛，纷纷摘得鲁迅文学奖、少数民族文学骏马奖、文学期刊奖等，入选21世纪文学之星丛书、中国作协重点作品扶持项目、各种全国选刊选本等，宁夏文学创造了继张贤亮之后的第二次辉煌。

在艺术方面，各文艺家协会按照“高举旗帜、围绕大局、服务人民、改革创新”的总要求，认真履行联络、协调、服务的基本职能，以“出人才、出作品”为中心，大力举办各种展览、演出、出版、评奖、研讨、交流、采风等活动，积极参与国家级梅花奖、金钟奖、荷花奖、兰亭奖、金像奖、牡丹奖、山花奖等奖项评比，频频获奖。不仅为宁夏艺术事业赢得了荣誉，也为宁夏文化大发展大繁荣作出了积极的贡献。

为了对宁夏前辈作家、诗人文学创作成就的回顾、总结和肯定，对宁夏文联前任领导的敬重、缅怀和回忆，2006年10月，由宁夏文联编辑的《石天剧作选》《李震杰诗文选》，以“霜叶红丛书”的形式由宁夏人民出版社出版发行，得到了宁夏文学艺术界的肯定和赞誉。

为秉承文联传统，服务文艺名家，汇集优秀作品，树立学习典范，弘扬“爱国、为民、崇德、尚艺”的文艺界核心价值观，为建设开放宁夏、富裕宁夏、和谐宁夏、美丽宁夏增光添彩，宁夏文联决定启动“塞上文艺名家书系”工程，为我区在全国有一定影响的国家级会员、德高望重且成就突出的文艺家，为宁夏文艺事业作出突出贡献的各个门类的领军人物，编辑出版代表性、经典性、权威性的作品选集。2013年5月，“塞上文艺名家书系”工程第一辑《肖川诗选》《冯剑华文选》出版发行，在我区文艺界产生了普遍的赞誉。这次编辑出版第二辑《路展童话选》《吴淮生诗文选》《张贤亮诗词选》，必将为宁夏文艺的繁荣产生积极的影响。

“塞上文艺名家书系”工程由宁夏文学艺术院负责实施。期望文学艺术院坚持“二为”方向、“双百”方针和“三贴近”原则，发挥“培扶人才，编研作品”的职能，以流芳百世为目标，选取思想性与艺术性俱佳的作品，做好资料搜集、编辑校对、设计印刷等各项工作，使书系工程成为我区文艺界的一个响亮品牌，成为外界了解宁夏文化建设的一个重要窗口，成为宁夏文艺事业大发展大繁荣的一个具体看点。

是为序。

2015年3月10日于银川

目 录

001 序：长河潺流两山间 郑歌平

卷一 现代诗

003 卖艺的人
004 修行者：给一个出家的人
005 光明篇（六首）
008 街头抒情诗（三首）
010 云岭曲：谒叶挺旧居
014 娑罗树的思念
016 黄山纪游（二首）
019 沙原上的紫丁香
021 一对老少校友
023 海上的夜（外一首）
026 我的四季歌
028 风笛
029 桃花潭吟（三首）
033 阳关曲（三首）
036 同访希腊呈徐迟先生
038 欧洲的瞬间（五首）
044 致宁夏

046 风景的起点（三首）
049 看月
050 在太阳边缘（二首）
052 北京奥运短唱（四首）
055 杭州西湖十景新竹枝词（十首）
061 中秋月
062 背影(外一首)
064 七夕(商籁体)
065 题旧照(外一首)
067 李小雨：永远的小雨
069 幽兰的凋谢：哭学兰

卷二 古体诗词曲

073 七律三十首
084 七绝七首
087 五律二首
088 七绝　次韵寄叶元章先生（五首）
089 七绝　题《茂林春秋》（二首）
090 七绝八首
093 杭州纪游（三首）
094 望江南十六首　黄河金岸行
——为中国·宁夏首届黄河金岸诗歌节而作
097 词曲二十九首

卷三 散文

109 午夜

111 星海恋
112 春日短笺
115 塞上江南美如画
120 梦里青山
125 银婚曲
130 花和树（四篇）
134 江南春雨
139 记忆里，两条山溪流着……
144 山川情（五篇）
150 我和银川
155 携诗囊西去：河西走廊行诗话
161 绿之惑
166 蔚蓝的爱琴海之旅（四篇）
180 文学溯踪（八篇）
196 思念：遥致天国女友
198 秋雨潇潇：山城之旅
203 两个江城：万州访旧
207 金婚曲：献给我的老伴
210 往事钩沉忆贤亮

卷四 文学评论

217 关于散文的断想
223 除却巫山不是云
——冯剑华《爱情的故事》赏析
228 关于文学本体论的哲学思考
——兼评《哲学对“再现论”的全盘否定》及其续作

236 我国现代美学和文艺理论之滥觞
——试评王国维的文艺观
245 清晰而朦胧:生活的牧歌
——读《屈文焜诗选》
253 女作家笔下的女作家
——读《肖凤文集·传记卷》
259 断代专门史的丰厚文本
——漫评孙一珍《明代小说史》
266 文似看山不喜平
——读《朔方·文艺评论专号》
271 跋:幸有俚词聊自珍

卷一　现代诗

卖艺的人

一把小刀刺进坚实的腿股
一片血花溅满黑色的皮肤
千斤石下
挣扎着负创伤的身子
三张桌上
翻一个倒筋斗……

为的是什么
难道生活比这些更苦?

[1945年秋于茂林留园]

修行者:给一个出家的人

你还如此年轻
为什么在禅林里埋葬了终身
整日守一卷经语
深远的钟声敲碎寂寞的岁月

红尘中谁处不能安身
何必紧闭着山门
清冷的生活
难道不撩起你青春的火焰
青灯古佛旁
淡淡地又溜走几个烟雨的黄昏

[1946年深秋于采石矶]

光明篇

（六首）

火柴

安静地躺在盒子里
像躺在枪膛里的子弹
等待爆发
仅仅只有那么一刹那
燃烧自己微小的生命
却在黑夜里发了光

飞蛾

耐不住夜的黑暗
才向火
作一次冒险的进犯
虽然有时不幸牺牲
但为的总是追求光明

星星

虽然无声地散布在天空

却也能温暖许多寂寞的心
夜行人
孤独地踯躅在原野上
你们向他闪着光辉
于是，他的心不再空虚了
像一个奔走在沙漠上的旅人
发现了绿洲

击柝者

夜里
你是忠实的守望者
把梆声敲尽五更
天亮了
你，第一个踏向黎明

窗子

让空气向窒息的地方流
让黑暗与光明调和
自从人们把数不清的罪恶
扔在漆黑的角落
窗子——
却永远是光明的传导

灯

刺破一室黑暗

多么明亮的记忆啊

一粒火

照亮着夜的影子

更照亮摸索者的里程

［1947年至1948年于茂林—芜湖］

街头抒情诗

（三首）

电车

你带着清脆的铃声，
你头上迸出蓝色的火星。
在大街上隆隆地走过，
从黎明直到夜深……

多少人抚摸你那光滑的圆环，
多少人坐过你那红漆的长凳。
清晨，你送他们到工厂和学校，
傍晚，又把他们送回幸福的家门。

对每一个从外地来的客人，
你是一个亲切的向导，
带着他们到北海，到天坛……
带着他们遍游这年轻的古城。

交通警

你站在喧闹的十字街口，

不停地舞动你那白色的衣袖，
像一个交响乐队的指挥，
你手臂上跳动着都市的节奏。

红灯和绿灯互相变幻，
车辆像流水淌过你的身旁，
它们载着快乐和忙碌奔驰，
也载着你全部美好的愿望……

我不认识的姑娘

啊，我不认识的姑娘，
每天你从我门前匆匆走过，
早晨的微风吹拂你的柔发，
归来披一身艳红的晚霞。

我不知道你来自哪里，
也不想问你去向何方；
只见你的笑容一天比一天更美，
只见你的眼睛一天比一天明亮。

啊，是幼儿园孩子们唤起你心底的幸福，
还是织布机为你编织了绚丽的幻想？
每当看到你轻盈的身影，
我总是这样默默地想。

［1957年初于北京］

云岭曲：谒叶挺旧居

久别回皖南，
人在画中转——
层层峰峦叠翡翠，
道道绿水绕青山。
竹筏片片，
桃花瓣瓣……

踏进罗里村，
步过叶挺桥。
竹林对我点头笑，
杨柳向我把手招。
步儿急，心儿跳，
军长旧居在眼前，
思绪顿涌大江潮！
为何屋内阒无人？
但见屋旁山花俏。

见屋见花情萦怀，
岁月倒流四十载——
军长南来跨骏马，

雄姿英发好风采。
问我乡亲苦，
吃我粗饭菜；
教我革命理，
共我把秧栽……

一千个日啊，
一千个夜，
夜夜议兵机，
日日战马飞。
朝送军长杀敌去，
暮迎军长凯旋归。
庆功联欢大会堂，
掌声如鼓复如雷。

戎马倥偬偶闲暇，
军长意气何潇洒。
策马山里去，
轻步登峰巅。
北望谈笑靖蛮氛，
铁马金戈驱敌顽；
南望挥笔写诗章：
“云中美人雾中山……”

那年军长一别去，
乡亲思念切。
东流山上枪声急，

乡亲愤火烈。
闻道军长陷囹圄，
望断山城雾。
想军长啊念军长，
何日谈笑凯歌还？

惊闻将星坠长空，
山村哭声宵复旦。
空洒珠泪三千行，
军长一去不复返。

留下桥一座，
丰碑耸巍然。
桥梁通向人心里，
河东河西往来便。

植下桃一株，
全村都香遍。
年年花开忆军长，
岁岁花落遥祭奠。

留下屋一所，
遗风后人瞻。
我来伫立复徘徊，
见屋如见军长面。

谁说楼空人早去，

军长就在屋里边。
刚从边疆视察回，
衣上征尘犹未掸。

听啊听，
风吹树叶飒飒声，
军长正在谈军情；
水进流泉拨琴音，
军长正在吟诗文。

看啊看，
军长坐在山花前，
手握彩笔绘溪山——
云中美人缀明珠，
雾中青山竖电站……

皖南山水古来秀，
今朝仙姿更好看；
山水在军长彩笔下，
旧居融在画中间。

［1979年3月］

娑罗树的思念

家乡的山村有两棵娑罗树，即红豆树。70年代初，一株被移植于某馆舍，因不善管理，枯死。于是，只剩下——

一棵红豆树孤独地站着
呆呆地不知道想些什么
自来都说它最撩人相思
它自己也许会深深寂寞

另一株并蒂而生的伴侣
和它紧密相挨叠叶交柯
青梅竹马本应天长地久
谁知道却被无情地移挪

那年月风刀霜剑严相逼
谁关心一棵树是枯是活
朝朝暮暮绿叶牵引情丝
怎样才能给它相思抚摸

它羡慕天上的牛郎织女
他俩年年七夕还能会合

它的脚却不能移动半分
只能遥遥地把深情寄托

粒粒红豆可是它的血泪
鲜红颜色燃烧爱情的火
斑斑树皮可是它的皱纹
褶皱里蕴藏着思念的歌

岁岁月月站在那里等待
朝霞终于染红仅存珍果
它的伴侣虽已不幸逝去
它满面风霜为春天活着

[1980年冬于茂林古溪河畔]

黄山纪游

（二首）

由半山寺看“金鸡叫天门”[①]

你不过是大自然的一个奇迹
地壳变动孵出了美丽的金鸡
千年万载伫立在山上唱歌
朝朝日日可曾将天门叫启？

天门内的楼台一定巍峨壮丽
不然，为什么把青色帷幕紧闭
如果让凡人看到玉宇金阙
天宫不就失去了它的奥秘？

天门内的岁月也许不会惬意
只有寂寞的神仙和枯坐的玉帝
王母娘娘创作爱情悲剧
画条银河把牛郎和织女隔离

①金鸡叫天门：由半山寺看天都峰上有一石，状如鸡，称“金鸡叫天门”；再上，望此石，则化为五个人形，名“五老上天都”。

金鸡，金鸡，何必把天门叫启
你该面向人间唤醒朝霞晨曦
为奇峰怪石染制云衫雾裳
给千山万壑融进诗情画意

金鸡，金鸡，你与其把天门叫启
倒不如化作五老步上天都石级
虽然叫唱天门已使你青春虚度
白发长髯也可以登峰造极！

“梦笔生花”的回答

散花坞前立一石峰，形似笔，顶端有松树。景名曰：“梦笔生花”。

我从事多年的笔墨生涯
常常盼望自己笔底生花
虽然这也许永远是个梦幻
而今却有缘访问“梦笔生花”
一支巨笔在云端上挥洒
笔端的青松多像盛开的鲜花
写哟，写出黄山的奇峰秀色
画哟，画出云海上天女散花

为供人观赏它从不肯休息
哪有闲暇稍倚在对面的笔架[1]

① 笔架：“梦笔生花”对面有笔架峰。

这一切多么分明，多么真切
为什么偏要说是梦里开花？

我真想借走这支生花妙笔
使我的“锦绣文章”传遍天下
一阵料峭山风吹断我的遐想
满山林涛声声是石笔的回答：

“要是不用我蘸那生活的泉水
你永远只好梦笔生花
如果不勇于打开你心灵的门扉
就是在梦里，笔也不会开花”

［1980年11月～12月于黄山—茂林］

沙原上的紫丁香

枯寂的沙原上，
有两棵正在开花的丁香。
它们细碎的紫色花瓣，
飘散出沁人的幽香。

紫丁香寂寞地站在那里，
像两个瘦伶伶的姑娘。
岁岁春风里独自开花，
有谁来把她俩欣赏？

是高洁的散花仙女，
无意把丁香撒在荒滩上？
是忙碌的司春之神，
偶然把她们遗忘在路旁？

既然被安排在僻地一角，
就在这里默默地生长。
她们是沙原的女儿，
为母亲纺织春天的遐想。

谁说姐妹们孤独无伴，
多情的牧人常来探望；
谁说荒漠上没有快乐，
清脆的驼铃时时歌唱。

莫道丁香树得不到爱抚，
朝阳用柔光为她们梳妆；
莫道丁香花未享过爱情，
明月亲吻着她们的脸庞。

赠给人间以淡雅的芬芳，
为沙滩写下紫色的诗行。
期待着：这里的春天总会苏醒。
沙原上，有两棵紫丁香。

[1981年6月于大武口饭店]

一对老少校友

我和女儿
漫步在春天的学府里

我寻找烟的淡蓝
她欣赏叶的新绿

那座最早的教学楼还在
只是苍老了多皱的身体

啊，还是那间阶梯形教室
靠着那扇洞开的窗子

我度过第一个五十分钟
心儿沉浸于深邃的湖里

此刻，窗口的座位空着
课椅扶手上有书和笔

洋槐树下，还留有
我的散文诗的梦吗

女儿悄然拾起的
却是《拓扑》与《天体物理》

忽然上课铃声响了
我猛地一脚跨了进去

而另一只脚呢
却被女儿轻轻地拽于原地

一对老少校友
中间是三十年阳光风雨……

［1984年2月于医院中］

海上的夜

（外一首）

我躺在海的怀抱里
船儿是晃动的摇篮
海水在身旁轻轻唱着
梦幻的歌儿催我入眠

天幕在船边低垂
给我盖上深蓝色大被
我在朦胧中看见
被上开满洁白的花蕾

是天上晶莹的星星
点亮了海上的渔灯？
是海上的盏盏渔灯
飞进天海里游泳？

每一盏渔灯下面
该有一个闪光的憧憬
西天那颗最亮的星底下
我亲爱的人儿是睡是醒？

海水浴

生来第一次
我睡在海的衾抱里
是赤条条的婴儿?
不，多了几样东西

身上的伤疤与尘垢
任柔波荡涤
会还我庐山真面目吗?
——一个无瑕的身体

心头的翳云
任浪花冲洗
我轻轻地把阳光
搂进袒露的怀里

漂着，不怕随波逐流
反正离不开大地
漂着，凭它浪打水击
我原想拥抱礁石

忽然，我竟也化为海水
和身边的汪洋融合为一
大海是我的无限扩充
我是大海浓缩的一滴

黄昏，我还不想离去
仰看暝然而合的天地
那天上的第一颗星
可是我在海里的影子?

[1985年8月、1986年2月于黄海—银川]

我的四季歌

我是春日细碎的小花
悄悄开放在寂寞的山原
在大红大紫中找不到我
我却把心儿许给了春天

我是夏夜纤弱的流萤
无声地在道旁闪烁光明
我的亮度不够为行人引路
但愿能献给他爱之温馨

我是秋天枝头的红叶
并不悲叹自己行将飘零
我憧憬明年的满树新绿
用火样的颜色催它诞生

我是隆冬飞扬的雪片
十分珍爱自己洁白的身影
有一天我将化为流水
流水啊，也赠给人们明净

也许有人笑我只是一棵小草
我却庆幸获得珍贵的生命
于是，我用自己的心灵之歌
为大千世界增添一个琴音

［1986年初于银川南门］

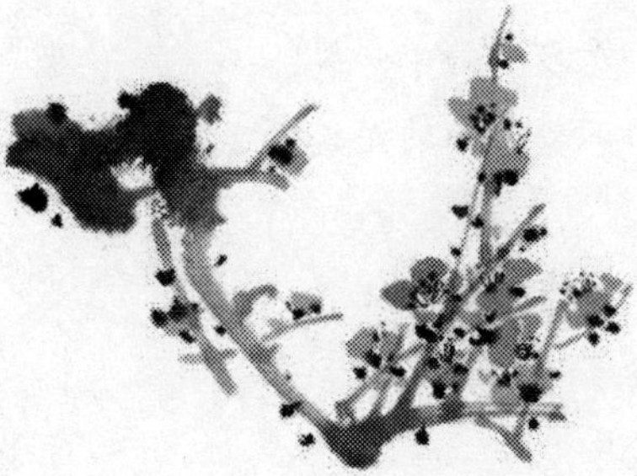

风笛

我是一支风笛
吹着梦幻，吹着心曲

江南，在我的梦里
山溪藏有我少时的影子

塞北，在我的心中
大漠印下我中年的足迹

我呢，走进青山的记忆
走进高原的怀里

我的长长的笛管里
只装着几支笨拙的曲子

飘散了，笛音没有回声
寂寞将我的心扉咬噬

寂寞也镀黄了笛管
于是，我唱给山原，唱给天地

［1987年12月30日于银川湖滨］

桃花潭吟

（三首）

桃花潭在我的故乡安徽泾县境内，为唐朝诗人李白行吟处。今在潭的上游建有陈村水电站。

潭和电站

潭水浅了
潭水浅了
二分浇翠了青山
三分染绿了年岁
还有一半呢
长堤圈在天湖内

湖水深了
湖水深了
堤上筑起金阁
山中绷长银弦
流萤飞出水晶宫
飞上树梢
飞遍山原……

在深蓝色帷幕上
洁白之花雨纷扬而连绵

潭和游子

我从天边归来
山歌拭亮了我的眸子

我一把拥抱住你啊
唯恐又是昨宵的梦臆

喝一口你清澈的潭水
——甘美香醇的酒汁

沉醉了，我的心灵
熄灭了，我的乡思

相思曾伴我飞越关山几重
车轮唱彻了半个世纪

梦中，你绿色容颜上
挂着我对李白汪伦的冥想

醒时，你澄碧潭水里
融我杜鹃声声的小诗……

今天，我能摘走坝上那颗亮星吗？

再装一壶潭水留下叹息远去

潭水，沁醒了我的醉意
潭水，浇开了我的乡思……

潭和诗人

一潭碧水
一潭美酒

沁馨了山民心扉
清脆了诗人歌喉

十里桃花何处
万家[①]酒帘招手

店堂里，诗人李白啊
已醉卧了几多春秋

睁一睁惺忪睡眼吧
汪伦已在潭边伫候

等你吟唱今日新歌
邀你太平湖上荡舟

① 万家：姓万的人开的酒店。

高亢的唐音
和谐于坝下的瀑流

飘逸的诗句
璀璨了坝上的星斗

星星落进夜光杯
潭水酿成桃花酒

亲爱的诗人啊
够你再醉一千个春秋

［1988年春于银川湖滨］

阳关曲

（三首）

黄昏，在丝绸之路上

紫色帷幕降落了
一队武士从远古驰来
马背上是银
铠甲上是金

于是，从艺术家心灵之窗里
流出花雨流出酒肆流出飞天
令王昌龄王之涣们
叹为观止

驼峰举着憧憬举着乡愁
举着发黄的岁月
举着变色的丝绸
穿过历史与地理交叉之喉
缓缓而行

通向死亡通向永生
通向贫穷通向富有
开杀伐之门

伸友谊之手
音书杳然，信息交流
通到春闺梦里
通到龙荒坟头
叹资斧断绝
饮葡萄美酒
通往盛唐远戍
通往现代旅游……

黄昏，在丝绸之路上
黑色路面铺起红绸
欢迎我——
历史的客人
在红地毯上随意行走

夜访敦煌月牙泉

一弯金月
一弯绿月

金月躺在绿月怀里
绿月浮在金色海上

我坐在金海的浪尖
我披着幽蓝的大氅

心儿在金月绿月间荡漾
遐思沿飞天的飘带远翔

醉卧酒泉

王翰在这里
留下巨大的夜光杯
我临杯索饮
却并未沉醉

也许流光千年
酒已散尽了醇美
也许，夜光杯还没诞生
那位年轻的将军
早就把酒稀释成水[①]

我怅然，不能
将这只巨杯带走
商店里最小的
三十五元一对

于是，我回到宾馆
斟葡萄酒于茶杯……
酣卧席梦思上
去和唐代将士碰杯

酒泉无酒我有酒
阳关有杯我无杯

［1989年8月、9月于敦煌—银川］

①相传汉朝霍去病将武帝赐的一坛酒倾于泉内，与将士共饮，为“酒泉”名之由来，泉形似杯。

同访希腊呈徐迟先生

徐迟先生于1942年翻译出版了希腊史诗《伊利亚特》部分章节;1992年,他亲手将唯一的中译本赠给雅典图书馆。

你的梦
本来就是残缺的
为了寻找那一半
用了半个世纪

我，一个晚辈诗人
有幸陪同寻梦者
追逐拉长了的黑夜
追逐缪斯的芳踪
飞越地球的三分之一

雅典
赔偿你觅梦的岁月
你回到了二十八岁
那拥抱荷马的年龄
我苍老
你青春

于是
你畅饮紫色葡萄酒
你朗吟湛蓝的诗篇
你穿红白条纹T恤衫
你疾步登上古堡卫城

你将自己残缺的梦
也赠给了雅典
然后，偕我飘然归去
在汉江之畔
为你拥抱过的荷马
画一个
中国式的圆

［1992年5月］

欧洲的瞬间

（五首）

在欧亚大陆桥中继站

深夜一点钟
——北京鲜丽的早晨
我在沙加[①]走下飞机
踅进天方夜谭里小憩

一个阿拉伯男人
紧傍我的长椅而坐
推开我梦的门扉
他那宽大的白袍
我并不陌生
但他不是阿凡提

忽然镁光一闪
我同行的旅伴
将一对瞬间的朋友
两片漂泊的云

① 沙加：在阿拉伯联合酋长国境内。

永远定格在一起
我携他回家
却不问他天涯何地

我从东方来：致瑞士

我从东方来
穿过漫长的黑夜来
越过大陆分界线来
飞过博斯普鲁斯海峡来
向你大声致意——
多山多湖之国，你早

你没有显露笑容
没有射出明丽阳光
没有展览幽美风景
迎接我的——
只有灰色的银行大楼
与阴沉的天空

白头的阿尔卑斯山呢
蓝色的日内瓦湖呢
晶亮亮的冰川呢
依然沉在我迢迢梦中

而街边孩子嬉戏的笑声
却向我播送着
春到欧洲的消息

苏黎世的早晨

苏黎世刚睁开惺忪睡眼
银行之城
阴霾而沉闷
我想起她的中国姐姐
——阳光明媚的昆明[1]

坐在候机大厅里
我如弃儿
在无人的荒岛上
啃啮着孤寂

免税商店的灯光
推动彩色波浪
冲刷而来
溅起肥皂泡沫的喧哗
要将我吞没

倏然　我看见
一道黑色长瀑
在白色岩岸上倾泻
剪票口
一个东方女孩

① 昆明：与苏黎世已结为友好城市。

在麻利地工作
我距她很近
她离我很远
她回眸淡然一笑
我的心逸出了孤岛

雅典一角印象

雅典的帕拉卡区
是一摞集邮册
每一本都插满了
五颜六色的邮票
我挤进一册去
——荷马头像的小型张
——帕特隆庙的首日封
琳琅满目

一个希腊男人
从邮票里站起来
热情握住我的手：
“亚尔萨斯”①
嘴里喷溢酒气
——相逢何必曾相识

而那位东方女店员呢

①亚尔萨斯：希腊语“你好”的音译。

为何一声不吭
我又温馨又寒冷
从她手里
接过两纸袋邮票
将雅典
锁进了我的旅行箱

法兰克福：中国空姐

一条浅蓝的小河
高傲地流过
缓慢地流过
中国空姐
在法兰克福

橐橐的皮鞋声
叩打着
异国的河床
河面上　绽开
黑白相间的花朵
小河　牵动着
两岸旅客钦羡的目光
中国空姐
在法兰克福

流到36号门去
那里有自己的同胞

他们正期待着
北京的暖心
和飞机上
一杯浓浓的咖啡

笑靥如花

［1992年4月访问欧洲
1994年3月于银川湖滨］

致宁夏

少年时
我在地图上寻你
没想到后来
你站在我的面前
如雕像一样具体
你是我生活的载体
我的生命已融于你

四十年了
也有六盘阳光
也有贺兰风雨
也有塞北鲜花
也有荒原荆棘
也有瑰丽的憧憬
也有温馨的回忆

我看见——
高楼的森林
推倒了低矮的土屋
黑色的沥青

密封了“扬灰路”的黄土地

当年的风沙线上
翻动着稻浪麦波
塞上的茫茫黑夜
遍地缀满璀璨的宝石
黄河之水呀，哗笑着
跃上高原干渴的山地
把回民的白帽
洗得更洁净
把“花儿”歌声
浇得更甜蜜……

而今我又翻开地图册
才发现你是明丽的旗
上面印着
我们的青春
我们的汗滴
我们的里程
我们的诗句——
　　你明夜的星空更灿烂
　　你明晨的朝霞更美丽
　　[1998年秋]

风景的起点

（三首）

石堤

松风　竹影
十里石堤
向南端伸去
每一块石头
都留有我的憧憬
我沿石堤悄然前行
去摘那弯上弦月
她却沉进
堤外的溪流里
于是　我踩憧憬回来
和溪水一起
向山外流去……
从此　石堤
躲进我遥远的梦里

褪色的红豆

那年秋天

我在娑罗树下
拾起一粒红豆
鲜红颜色
扁圆形体
——一颗灼热的心

我将它送给一个女孩
她却抛在岁月风尘里
我再也找不回来

又一个秋天
我又在树下徘徊
拾起了另一粒红豆
——殷红的血滴
我把它藏在记忆之匣里
而今呢
它同记忆一起褪色

濂溪

我心中的濂溪
是南山流出来的传奇
是蓝色的玻璃
是我梦幻的奇异
是鹅卵石上弹出的歌
是四壁青山的影子

这一切

都流向山外去了
永无返程
有一天
我也被濂溪流走了
流到天涯海角
流进大漠孤烟

而我的遐思啊
却溯时光之流逆行
溯濂溪之水逆行
它终于将我推回了
——风景的起点

［1998年2月、2001年1月于银川］

看月

花蕾初放的时候
我闲步于东溪堤上看月
月亮的清辉
流泻出一首优美的诗

绿树成荫的时候
我独坐在沙岸边看月
月亮的银波
漫动潮涌而来的乡思

而今，已经雪盈山巅
我踯躅在珠江畔看月
月亮的幽光
铺开云烟迷离的记忆

［2003年2月中旬于珠海］

在太阳边缘

（二首）

曼谷印象

我走进一本佛经
沿着张张贝叶
进入佛国深处

金光四射的字行
站出来迎接我
然后化为一幢幢高楼
和满街的菩提树

大皇宫的金辉
玉佛顶上的光晕
笼罩着芸芸众生的心灵之府

湄南河的碧波
从我眼前流过
从我心中流过
水上人家
向我绽开鲜花笑脸

赠我一河风情
两岸画图

曼谷，用佛香的氤氲
和空调机的咝咝声
将我轻轻搂住，搂住

泰国芭堤雅小憩

天蓝蓝，海蓝蓝
游泳池水也蓝蓝
我撇弃流火日月
躺进蓝色的摇篮里

海水，攫去我满身珍珠
回报我通体透明
把整个城市
雕琢成晶莹玉石

连的士也被冲走了
只剩下双排车
载我去看大象吹口琴
并向观众鞠躬答礼

芭堤雅，太阳边上的梦寐
我在梦寐里小憩

[2003年3月中旬于珠海碧涛花园]

北京奥运短唱

（四首）

奥运开幕式

今晚，整个世界
都坐在北京鸟巢内
而鸟巢的和平鸽
却在环球放飞
鸽哨，敲亮每一扇窗扉

七色的星星升起来了
多彩的五环旗
和明丽的五星红旗交辉
和多国鲜艳的旗帜交辉

流淌啊，向前流淌
雄健的河水
瑰美的河水
青春的河水——
从奥林匹亚流到奥林匹克
从1896流到2008

汇入欢乐的海洋
流溢友谊的芳菲
扬起竞技的波澜
流向明天的新晖

赠中国首金得主陈燮霞

双手托定日月
柔臂浑似钢铁
抓住两座泰山
向上挺立，挺立
擎起中国的高度
擎起世界的惊奇

看跳水比赛

飞燕凌空
游鱼戏水
轻捷划开碧波
碧波绽开花蕾

线条与水流竞柔
不，水流哪有线条的柔辉
身姿是出水芙蓉
不，芙蓉哪有身姿健美

四周的看台轰动了

热情的中国观众
呐喊——为块块金牌喝彩
鼓掌——为各国健儿助威

北京奥运村

北京奥运村
——地球村的袖珍本
蔚蓝色的地球村
搂抱着洁白的奥运村

奥运村的居民
永远是灿烂的青春
朋友用心灵交流
兄弟用竞技谈心

说梦想，言相逢
叙友谊，话和平
喜诉在北京的奇遇
谈笑第一块金牌的诞生

[2008年8月]

杭州西湖十景新竹枝词

（十首）

断桥残雪

我站在断桥上想起白娘子
白娘子在雷峰塔下沉睡

神话千年，泪滴千年
悲歌已被时间的罡风吹散

看断桥边残雪与绿韵交辉
爱情和春天一起苏醒

苏堤春晓

电瓶车载着我
分花拂柳前行
驰骤于时光隧道

终点：宋朝
一位诗人莞然而笑

满脸潇洒
长髯飘飘
我和诗人是老朋友了——
眉山登门
惠州和韵
海口合照

而今
站在诗人的固体诗上
看他将千古美女
赠给了苏堤春晓

曲院风荷

曲径通幽
水促风生
我一身的珍珠
被荡涤干净

花苞上绽放杨万里的诗
荷叶上托着我少年时的梦
而现在的满院清香
把我的梦揉成了中秋月明

南屏晚钟

晚祷的钟声响了
少年的我曾写道——

那唤人魂魄的声响
一声递一声

不须心惊
这里不是野店荒村
霓虹灯下汽车交驰
荧光屏上色彩缤纷

紧傍花花世界
直面滚滚红尘
抑扬悠长的钟声
可会唤醒山门里的凡心？

双峰插云

是剑眉？是娥眉？
剑与娥都已伸入云鬓
是秀丽？是雄伟？
道不尽游人与诗人的点评

给水乡融入两分山色
为镜面描出一对倒影
我不知道西湖的长镜头
能不能摄下“双峰插云”？

柳浪闻莺

一群仙女扬起绿色纱巾

曳引着她们凡间情人的心

柳浪桥[1]啊，缪斯的精魂
也已坠进回忆的烟云

西子湖不是辽西
不会误入思妇的梦境

那么，就让黄莺儿轻轻地唱吧
唱一曲《我的西湖恋情》

雷峰夕照

一抹残阳
染黄残了的雷峰塔
古往今来的情人
都期盼它轰然倒塌

雷峰塔如今不残了
白娘子何以回家？
我抛一声沉重的叹息
送给落霞归鸦

平湖秋月

我坐在兰舟上

① 柳浪桥：据说南宋时此间有柳浪桥，景以是名，今桥已不存。

掬一捧银波

照自己的影子
吮吸月之菁华

秋月是清凉的湖水
清凉的湖水沁入心扉
船儿忽然飘飞起来
原来我和船
都荡漾在偌大的月亮里

三潭印月

天上一个月亮
水中三个月亮
我疑心登上了木星
木星不止四个月亮

一个真月亮
三个真幻象
真相和幻象叠印
才绘出地球最美的风光

花港观鱼

这里有花有鱼
我却想起一个古老的故事——

庄子和惠子关于鱼乐的争论
——游戏的逻辑

鱼乐园里的鱼就很快乐
活蹦乱跳，金鳞红鲤
日落，游人还不肯归去
与鱼共舞，双赢双喜

如果想到剖而食之
那是煞风景压倒了诗意
倘若任它们无尽地繁衍呢
鱼的世界定将人的世界排挤

这又是逻辑上的悖论
只好再请庄子来诠释

[2009年秋]

中秋月

秋夜醒了
秋月圆了

月亮是今宵的新娘
披一袭银白色的婚纱
月亮是中秋的女神
向人间撒下笑语喧哗

女神轻盈地步出天庭
应邀作我们派对的嘉宾
她就坐在每个人的身旁
不，她已悄然走进我们的心

女神也拥抱着我的缪斯
于是，我用月光酿成这首小诗
回报我心中至美的女神
同时献给在座的每位客人

［2011年9月12日］

背影

（外一首）

曲径通幽

一双远去的背影
是年老的伴侣？
是年轻的情人？

背后的小路沉默不答

路边岩石上镌刻有两行诗
一行写着：青春
另一行呢
被绿苔掩盖着
怎么也看不清……

宁波

这个地名
也许曾经是
　　渔人美丽的梦

旅人希冀的诗
而今　梦圆了
诗传唱了——
飞机凌云
艨艟凌波

洪波大浪却登陆了
花花绿绿的潮头
汹涌、咆哮、奔腾
淹没城乡
宁波
永无宁日

[2013年5月11～13日于宁波]

七夕

（商籁体）

我俩并肩仰观深蓝色天街
郭沫若的天街已经现代化
璀璨的星灯绽放出霓虹之花
霓虹灯变幻着仙乐协奏的舞台

我俩步上天街俪影潇洒
牛郎与织女过河抛来飞吻
把艳羡和祝福馈赠给我们
不劳鹊桥，飞船即将抵达

天街上也有风雨，也有月亮
套裙被骤雨打湿，牛仔衫浸透
月亮呢，却轻轻流泄爱情的柔光

降落凡尘，忽觉霜雪满头
朋友们为祝我俩金婚而唱
天街梦醒，人间五十春秋

［2013年8月20日］

题旧照

（外一首）

两个人都蹲着——
一个青年女子
一个瘦弱男孩
蹲在夏天的小院里
蹲在一幅黑白照片里

照片黄得忘记朝霞和夕晖了
小院消失在烽烟深处
女子消失在似水流年

那个男孩呢
上帝问他要不要吃糖果？
他不想吃甜的

他感谢上帝
让他住得这么久
让他和他的大姐
永远蹲在那张黑白照片里

家乡来信

家乡寄来一封信
沉甸甸的
手机年代
用纸笔写信的人很少了

我小心地拿起家乡的信
举重若轻
轻得仿佛什么都没有
原来信封里的那幅画
提前悬挂在我的心灵里了

[2014年8月8～9日]

李小雨：永远的小雨

你永远是春天的小雨
轻轻地滴灌在绿芽的心灵上
绿芽快快地长成青春之树
繁花绽放在芬芳的诗壤

你永远是夏季的小雨
给炎热的世界洒一片清凉
我就坐在这清凉的灯光下
朗吟你的《红纱巾》诗章

你永远是初秋的小雨
为待熟的果实注射琼浆
于是，果实展开了灿烂的笑颜
走进《诗刊》铿锵的诗行

你永远是冬日的小雨
温暖的雨丝融化着冰霜
而你又和催春的锣鼓一道
捧来新一轮明媚的春光

小雨突然化为我的两眶清泪

洇渍在你赠我的第一本诗集上
我怀着白发老人的全部悲伤
用这泪水为一位黑发女诗人悼亡，悼亡……

[2015年3月9日]

幽兰的凋谢：哭学兰[1]

一株高洁幽馨的兰花
从天府之地移植于黄河之涯
虽然也曾身披尘沙风雨
在雨后的阳光下依然清雅

而今，兰花已经不幸凋谢
留下的叶子[2]在悲伤中挣扎
天国里兰花默默地祈祷——
愿我的叶子在尘世长葆芳华

［2015年3月15日下午3时］

①学兰：陈学兰，宁夏大学教授，我的大学同窗。
②叶子：陈学兰的老伴叶长生先生。

卷二　古体诗词曲

七律三十首

赠翟中宁

少年相聚不知愁，未识而今寄夏州。
书剑客中多岁月，风云路上几春秋？
冰霜塞北度鸿雁，梅李江南忆旧游。
借问巴山今夜雨，西窗何日话从头？

[1962年12月]

贺友人新婚

天涯邂逅喜相求，携手同登幸福楼。
孤雁悄飞随逝水，长空比翼此从头。
芬芳沙枣开宁夏，花月春风下蜀州。
一曲恋歌天汉远，笑他织女与牵牛。

[1963年]

呈安徽爱国民主人士吴葆萼师

童年始业受教时，记忆而今系缕丝。
愤世曾经倾热泪，临危几度护红旗。
送儿慷慨从戎马，育树峥嵘入乐诗。
长啸一声归去也，东篱晚节自粗衣。

［1972年］

阿拉善左旗一瞥

立马边陲古战场，江山洗尽旧凄凉。
流沙已让千林绿，麦浪新添万顷黄。
巴镇[①]当时空定远，雄关此日固金汤。
驱车烽火台前路，一曲花儿[②]漫牧羊。

［1973年5月］

访陕西岐山五丈原诸葛寺

背倚青山一栈通，挥师六出足称雄。
渭滨征战愁司马，西蜀安危系卧龙。
三国纷争棋局乱，九州康乐普天同。
木牛何似飞车快，五丈原头旭日红[③]。

［1976年深秋］

① 巴镇：旗政府所在地巴音浩特，旧名“定远营”。

② 花儿：为流行于甘、宁、青之一种民歌曲调， 回族人喜唱之，称之为“漫”。

③ 诸葛寺在岐山县城北四十里处，乘汽车访之，抵达时朝日方升也。

赠安徽宣城地区文协主席吴逢源兄

廿载浮云逐劲风，关山相隔几多重？
思君品格兼师友，遣我情怀托雁鸿。
赭麓相教心切切，鸠江再见竟匆匆。
倚窗寄语今宵月，何日谈诗共烛红？

[1977年7月15日于吉兰泰—银川途中]

试和吴组缃先生韵

犹记先生到塞边，不辞辛苦路三千。
学宫谈笑红楼梦，艺苑耕耘锦绣田。
云暗瘴氛思月灿，梅经霰雪报春先。
贺兰相忆情无限，却自京华惠什篇。

[1978年7月26日]

咏兰

自居空谷自芳菲，不向尘寰向翠微。
重紫浓朱难做伴，清风朗月却相依。
欣将玉影临深涧，闲沁幽馨入洞扉。
山里香飘山外去，谁云寸草负春晖！

[1980年7月3日]

桐城客舍赏腊梅

风韵天成异众芳，独开小院沁幽香。
客中伴我若良友，月下为君吟短章。
不向人间争秀色，愿将岁暮绣春光。
可因思念林和靖，减却红颜作淡妆？

［1981年2月15日］

参观武昌起义纪念馆

秋雨春风七十年，漫将青史付云烟。
沉雷惊破君王梦，碧血难描百姓篇。
一代英雄随逝水，三城儿女入新天。
何时唱彻归来曲，海浪江潮共管弦？

塞上即景

长河洗却笛笳愁，浪逐年华廿五秋。
骏马腾飞堪勇健，凤凰翔舞自风流。
银川城上银灯灿，石嘴山中石炭稠。
欲访贺兰烽火迹，墩旁绿树傍红楼。

［1983年10月2日］

和羊令野先生[1]韵之一

寄语东流雪浪花，何时归看柳丝斜？
江南春雨香梅李，故里秋风熟豆瓜。
老病投医犹可愈，兴豪沽酒不须赊。
乡情也似诗情炽，应向杯弓笑影蛇。

和羊令野先生韵之二

卅年海浪幸余生，客馆何堪杜宇声。
宣纸云铺倏手笔，泾川日照正天晴。
同时同里难同识，有卷有才知有名。
倘赋归来桑梓友，西窗煮茗论诗情。

[1984年11月27日]

看回族女画家曾杏绯画展

国色天香纸上春，仙姿爱煞看花人。
丹心未老丹青老，画笔难新画意新。
铁骨红梅傲雪夕，柔枝绿竹笑风晨。
洛阳名蕊从何觅？艺苑芳馨胜酒醇。

[1985年10月4日]

① 台湾诗人羊令野先生，原籍安徽泾县，与予同里。

次鲁迅韵答林锡纯同窗

韶华空负少年时，犹吐春蚕未尽丝。
卅载边风频入梦，半生文苑合摇旗。
不谙竽调难吹曲，偏爱真情好赋诗。
灯下双撑老花眼，赶为邻女制新衣。

[1986年12月21日]

川江纪行

航船西去拂秋风，天设夔门尽览中。
江窄初惊三峡险，湖平犹记葛洲雄。
明妃去后人无迹，屈子归来魂有踪。
神女芳姿应未减，柔纱掩处总朦胧。

[1988年11月]

次韵答周资生同志

雁迹西陲卅二秋，天涯旧识月如钩。
荆钗虽老堪为伴，戎马无缘未觅侯。
诗国风骚争李杜，红尘游戏笑巢由。
人间毁誉寻常事，不向心头向逝流。

[1990年4月7日]

庆祝中国共产党成立七十周年

万千思绪涌潮流，遥望南湖烟雨楼。
画舫初描新世纪，碧波正涤旧王侯。
重书青史更天地，频闪红星烛九州。
霰雪春风七十载，关山飞越又从头。

[1991年6月]

过虎门怀古

粤海前尘百六秋，伶仃洋上练吴钩。
弥天风雨斯时甚，遍地芙蓉何日休?
去后英雄烟火尽，来奔狐鼠战帜收。
浪花省识当年事，青史于今记寇仇。

[1996年除夕过虎门作]

再谒翠亨村孙中山故居

为仰高风又入门，梅开二度翠亨村。
绿荫缭绕今犹昔，紫壁辉煌日未昏。
展拜依然情似海，参观重觉梦萦魂。
推翻帝制三千载，万代功勋青史论。

[1999年2月17日]

神舟六号上天试和毛泽东同志韵

碧霄跃上岂辞难，火箭腾空意态闲。
轨道舱中看日月，大罗天外逐星丸。
人间电话频添暖，高处琼楼不再寒。
光掣风驰凯旋后，江山万里笑开颜。

[2005年10月29日]

无题

时空无极两茫茫，偶在人间走一场。
清逸自惭曹子建，疏狂已效贺知章。
文君司马终成俪，咏絮吟盐孰更良？
豪气不争苏陆句，潇潇暮雨入诗行。

[2006年3月24日]

万州呈劲强兄，别来五十九年矣

甲子花开忆昔游，西窗此日话从头。
青春革命风云急，热血峥嵘岁月稠。
九死难忘存信念，寸丹依旧照春秋。
当年豪气今犹在，无限江山入小楼。

[2008年10月25日万州—重庆途中作]

大学同窗毕业五十周年聚会

逝水长流五十年，春云秋月未成烟。
东西南北当时去，四海三山此日旋。
皓首新颜笑重认，青丝旧态忆从前。
漫言今后斜阳短，也唱为霞尚满天。

［2008年5月27日于天津］

东兀兄逝世两周年缅怀

青灯冷月夜眠迟，每忆曾吟友谊诗。
浊酒三杯溶笑语，同窗四载沁心溪。
梦魂杳杳人何处？悲绪绵绵我自知。
最是前年花落日，杜鹃啼血送君时。

［写于2012年6月东兀兄逝世两年又三个半月时］

赠吕立人、卞昭慈伉俪

同窗共砚结良缘，携手西陲廿五年。
冰雪瑶池留俪影，风霜塞外蚀红颜。
岑高昔唱戍边曲，吕卞今吟教育篇。
万里归来情尚健，京华觅韵入诗笺。

［2012年12月］

哭之安兄

相别相逢七十年，纷纭往事忆从前。
同窗三载浑如梦，友谊平生未化烟。
隔海凶音惊忍听，临湖重见叹时悭。
于今空洒千行泪，一滴何曾到九泉。[①]

［2013年7月31日］

哭克温

文苑论交五十秋，几回谈艺聚书楼。
雄章丽句篇篇在，短调长吟汩汩流。
翠柏立根黄土地，诗名驰誉大神州。
哭君此去天堂路，好共青莲结伴游。

［2014年3月25日］

题西夏诗社成立十周年作品集《兰山抒怀》

贺兰山上白云垂，且寄遐思且放飞。
元昊当年争霸业，诗人此日唱霞晖。
黄河金岸流珠玉，塞北江南镶翠微。
翻读十年吟咏史，嫣红姹紫竞芳菲。

① 末句借用古人成句。

赠女作家哈若蕙先生

艺苑春秋四十年，一支纤笔绣芝兰。
金陵闺阁红尘秀，塞上文星方阵前，
堪笑絮才灵气浅，却偕春水[①]波澜掀。
而今归隐田园去，采菊东篱吟续篇。

［2014年12月27日］

① 《春水》，冰心的代表作之一。

七绝七首

秋夜怀人

客店挑灯话客情，清秋凉夜傍街行。
而今云外陵阳远，徒向窗前唤月明。

［1957年秋于北京］

次韵呈臧克家先生

日照桑榆正蓊茏，童心长在未为翁。
诗人何必嗔台镜，霜叶春花一样红。

［1978年9月25日］

附：臧克家《述怀》

自沐朝晖意蓊茏，休凭白发便呼翁。
狂来欲碎玻璃镜，还我青春火样红。

访汉阳古琴台

高山流水慕名来，紧闭龙门叩不开。
欲访知音何处觅？桥头空望古琴台[1]。

[1981年12月]

重游汉阳古琴台赠内

龙门曾叹叩难开，似水流年我又来。
尘海知音长做伴，何须重访古琴台。

[1988年11月]

访成都薛涛井

望江楼畔读遗篇，淡日凉风竹影翩。
唯叹我来千载后，吟诗不得浣花笺。

题乐山大佛

法相庄严百丈身，千年寂寞坐江滨。
缘何顽物通灵性？点石成神是匠人。

[1982年4月23日]

① 是日，景点未开放。

再题乐山大佛

1982年，初见乐山大佛，曾有一绝句。今重来游，再赋一绝。

廿六春秋我又来，依然大佛坐江台。

可怜汇合三河[①]水，流去年华不复回。

[2008年11月8日于乐山]

① 三河：指岷江、青衣江、大渡河，于大佛附近交汇。

五律二首

吉兰泰盐湖晚眺

偶客银湖畔，闲来步岸东。
蓝天垂大野，轻雾逐咸风。
盐砌冰山白，云烘晚日红。
明灯倏忽亮，轧轧采机隆。

［1977年7月］

夜宿六盘山顶

拔地三千米，凌空二岱遥[1]。
苍穹连玉阁，星月挂崖梢。
银汉峰前瀑，雁鸿云外桥。
天风吹猎猎，相送入灵霄。

［1981年6月5日宿六盘山顶
7月7日写于贺兰山麓］

① 六盘山海拔高约泰山一倍。

七绝　次韵寄叶元章先生

（五首）

之一

秋风塞上草参差，读罢先生水畔诗。
一曲乡情频唤我，黄河可有卖鱼儿？

之二

风雪楼头共酒卮，中宵剪烛更牵丝。
他年重上高原日，也傍河湟话旧时。

之三

案上清风纸墨香，三更和句未登床。
山妻欲识诗中味，也傍秋灯伴夜长。

之四

数首歌诗画意新，水乡风韵愿为邻。
谁知调色丹青手，竟是阳关客舍人。

之五

桃源僻远少车尘，高士南阳未问津。
唯有昆仑山上月，年年都照谪仙人。

［1982年12月3日］

七绝　题《茂林春秋》

（二首）

安徽泾县政协文史办公室编辑《茂林春秋》一书。史存乡里，功在桑梓，德馨来者；亦兼慰远人之望。因赋二绝以志感忱。

之一

往事钩沉出逝流，茂林风物入春秋。
客窗一卷长相伴，应忘飞沙屋外头。

之二

梦萦濂水水长流，一别家山四十秋。
赖我乡贤传史笔，亲情点点入心头。

［1991年12月4日］

七绝八首

过滕王阁

几经兴废一千秋，仿古何名旧阁楼？
锦绣文章非赝品，落霞长在水长流。

［1995年11月23日过滕王阁
1996年1月4日写于银川］

过昆明未访龙门

偶过春城印屐痕，西山日色正黄昏。
平生未解登龙术，故少机缘入此门。

［1992年12月初过昆明
1996年1月4日写于银川］

宁夏沙湖之一

久慕沙湖景色幽，蓬莱此日自遨游。
劝君休唱江南美，更比江南胜一筹。

宁夏沙湖之二

碧玉丛丛水上栽，芳香芦苇望无涯。
舟穿帘绿人何处？笑语歌声飞过来。

[2000年6月20日]

遥寄故乡友人

天涯何处觅归舟？梦里江南五十秋。
犹记东溪堤上月，清辉曾照少年头。

[2001年7月]

八十初度

戊子孟夏，大学同窗聚会于津门。会上，为予做八十寿庆，乃虚龄也。赋此。

八十年来半喜忧，贺兰山麓度春秋。
平生未入邯郸梦，学做文坛孺子牛。

[2008年5月28日于天津]

参观天津梁启超饮冰室

书生忧国自图强，百日匆匆梦一场。
后世漫评饮冰室，千秋功过尽文章。

［2008年5月29日］

金婚纪念赠内

同沐阴晴五十秋，斜晖犹照旧妆楼。
三生石上精魂逸，化作红尘鸾凤俦。

［2012年5月］

杭州纪游

（三首）

2009年6月，应中国作家协会之邀，偕内子赴杭州“创作之家”度假。“天堂”十日，得诗词三首。

再到杭州

西子仙姿曾扑怀，少年浪迹入蓬莱。
白头偷改玄都句，前度吴郎今又来。

西湖之夏(集宋人句)

毕竟西湖六月中，（杨万里）
楼台累累见青红。（汪元量）
暖风熏得游人醉，（林　升）
水远山长处处同。（晏　殊）

菩萨蛮　重游杭州西湖

苏堤春晓留踪处，花开甲子重寻路。夜月印潭中，芙蕖依旧红。

堪怜双鬓白，西子情胜昔。秀色欲携归，吟诗牵翠微。

望江南十六首　黄河金岸行

——为中国·宁夏首届黄河金岸诗歌节而作

黄河在宁夏境内经十市县,流程近四百千米,为全程最好的河段,称之为黄河金岸。

黄河金岸

黄河水，飞下九重天。跃出银河星宿海，绿浓金岸大平原。塞北傲江南。

中华黄河坛

黄河水，流到圣坛前。儿女深情瞻大鼎[1]，母亲乳汁育高原。泽被万千年。

中卫

黄河水，皮筏逐波行。腾格里边林带绿，沙坡头上火车鸣。两岸稻花馨。

中宁

黄河水，甘露润茨农。园里翠林镶玛瑙，枝头绿影罩灯笼。枸杞艳妆红。

① 大鼎：黄河大鼎，为中华黄河坛的标志性陈列品。

青铜峡

黄河水，大坝卧长龙。抛出明珠皆灿烂，采来宝石结霓虹。银树火花红。

吴忠

黄河水，推浪到吴忠。秦汉渠旁行柳绿，滨河道上夜灯红。回汉沐春风。

灵武

黄河水，缘岸向东行。灵武市中长枣熟，“贺兰山下果园成”[1]。甜蜜溢煤城。

永宁

黄河水，旧渡忆仁存[2]。高架长虹编纽带，中华回族识经纶。文化穆斯林。

银川

黄河水，吟唱凤凰城。八达四通高速路，千楼万厦碧云层。俯瞰昊王陵。

贺兰

黄河水，依傍贺兰山。岩画史前传密码，园区[3]此日创尖端。足迹印前沿。

---

① 贺兰山下果园成：为唐朝诗人韦蟾句。

② 仁存：宁夏永宁县境内黄河旧渡口名。永宁县纳家户有中华回乡文化园。

③ 园区：指德胜工业园区，在宁夏贺兰县境内。

沙湖

黄河水，悄悄入沙原。扯下青云揩镜面，引来少女照容颜。水上笑声喧。

石嘴山

黄河水，告别石嘴山[①]。金岸送行看尔去，煤龙梦醒任吾牵。地火暖人间。

春

黄河水，冰解化柔波。塞上花开铺锦缎，高原春色绣绫罗。临岸听渔歌。

夏

黄河水，浇灌绿荫浓。田畔午休风送爽，楼头夜作电机隆。亦累亦轻松。

秋

黄河水，银浪荡金风。瓜果香飘千里外，稻粱齐列谷场中。笑语话年丰。

冬

黄河水，洁玉凝冰封。踏雪回乡辞旧岁，迎春城里务新工。生活自葱茏。

[2011年6月15～17日于银川]

①石嘴山为专有名词，按诗词格律，不计平仄。

词曲二十九首

醉东风　双塔并峙

承天寺塔与海宝塔，立于银川西城与北郊，历千百载，今犹完好。“双塔并峙”为银川八景之一也。

凌云双笔，千载锋犹立。竖写尘沙横奏笛，人世沧桑谁识？

而今我上层楼，俯瞰绿满红稠。溅起诗思似水，拈毫新作春秋。

［1980年9月］

菩萨蛮　初游黄山

青鸾莲蕊头簪碧[1]，天姿秀色凌霄立。举手拂流云，苍松迎远宾。

楼前飞玉瀑，情注深山谷。但得不须归，朝朝看翠微。

［1980年11月30日］

① 青鸾、莲花为黄山之峰名。

清平乐　游桃花潭

踏歌古岸，不见桃花瓣。欲问深潭何浅半？赢得天湖水满。

酒家唤醒青莲，行吟今日江边。唐韵翻成新曲，繁星悄落人间。

[1981年1月15日于水东]

调笑令　安徽桐城客舍寄内

华发，华发，忆否红颜似画？争教岁月欺人，仙姿渐让皱纹。纹皱，纹皱，笑我深情依旧。

[1981年2月13日]

踏莎行　赠家乡青年诗友吴沫农、吴报录

漠北风尘，江南夜月，梅花梦里香飘彻。归来谈笑论诗文，濂溪深处霜如雪。

旧雨情深，新知意切，数杯腊酒心头热。相逢恰在忘年中，青春更遇佳时节。

[1981年3月12日]

一剪梅　寄少时诗友吴孝莲同窗

长忆江城听管箫，客里秋宵，堪慰岑寥。少年清气总难销，自许孤高，颦效离骚。

卅载衡阳归雁遥，梦也迢迢，路也迢迢。风波未把壮情抛，塞上春潮，楼上心潮。

[1981年7月]

念奴娇　癸亥年除夕试和毛泽东同志韵

踏冰边塞，问双塔、何处高原春色？窗结霜花谁剪纸？唯觉中宵寒彻。镜面飞翔，河间步履，不见游鱼鳖。冬长西北，路旁行旅评说。

倏听楼下门前，喧哗笑语，清脆堪融雪。儿女欢歌齐雀跃，欲把春神邀截。爆竹新燃，烟飘云逸，去迓春南国。贺兰奔马，朔方天冷心热。

[1984年1月]

蝶恋花　访六盘山区

若问秋光何处好？千里飞车，跃上盘山道。不识高原寒意早，红花黄叶缝新袄。

一路清歌歌韵袅，古戍萧关，笑看行人闹。携手天涯情似燎，相逢忘却人将老。

[1984年10月14～15日]

八声甘州　遥寄故乡吴海林、凤兆瑞、梅盛春诸友

望江南近在梦魂边，依旧杜鹃红。忆濂溪澄练，云峰拱秀，新埂凉篷。携手山村古道，言笑溢情浓。遥指斜阳外，雨后霓虹。

此日天涯怀友，又清秋塞上，明月边穹。问何时生翼，万里越飞鸿？纵衡阳、雁回三度，枉留痕，来去每匆匆。风尘客、过萧关去，立马崆峒。

一剪梅　朔方大雪

玉树琼枝耐寂寥，檐塑冰雕，窗挂鲛绡。瑶台青女水晶桥，步出灵霄，悄落尘嚣。

不许人间污水浇，清白为高，洁字难抛。银装素束度今宵，梅李争娇，且让花朝。

[1989年1月19日]

念奴娇　六十初度自识

（拟“大江东去”格）

梦归何处？怅无计、留得匆匆年月。甲子花开，遮不住、摇曳枝头瘦叶。世海波澜，人间变幻，却结晶风节。飘零萍影，笑声珠泪谁撷？

衰鬓无分功名，只诗书旧识，情萦难绝。艺苑沉浮，休问也、闲里清歌成阕。悄立斜阳，燃红霞几许，可辉霜雪？烟消冰解，水流犹自明洁。

[1989年5月15日于兰州—成都列车上]

清平乐　感怀

青春已杳，诗笔寻边草。落叶秋风情未夭，谁说冯唐已老？

夕阳犹染霞绯，江南梦里当归。醒看贺兰山下，枝头一树红梅。

[1990年2月9日]

望海潮　参加在青岛举行之中华诗词学会首届三次常务理事扩大会议

云踪流迹，初栖青岛，涛声旦夕喧哗，澄海碧天，渔舟竞逐，风波极目无涯。终古浪淘沙。步栈桥地角，疑泊仙槎。蓦顾尘寰，绿荫朱阁是谁家？

星群烁烁聚嘉，有诗坛耆宿，词苑新葩。慷慨论文，倾心说艺，振兴看我中华。愿作报春花。一脉风骚继，融合胡笳。传统弘扬，华章昭日灿于霞。

［1990年6月28日］

菩萨蛮　重游黄山

天都始信光明顶[①]，仙缘有分重临境。云海正茫茫，风吹衣带长。

别来十五载，知我容颜改？奇石挂松枝，青山如旧时。

［1995年11月11日重游黄山

1996年1月1日稿于银川］

① 首句均黄山之峰名。

〔双调〕楚天遥带过清江引　赠赵其钧兄

接其钧惠寄所著《元曲二百首注释》，读之，诠释确当，导读精要，如逢旧友，喜甚。因效颦填制带过曲以赠。

雁自楚天来，心逐浮云去。白头对落花，难把青春驻。艳艳赭山晴，点点陶塘雨。梦里少时魂，醒读宫商注。

遥望故山低不语，山在天深处。归思涌似潮，纷乱何时住？且随塞鸿飞旷宇。

［1997年7月30日］

虞美人　月下

忆曾玩月东溪上，歌逐银波荡。乡愁吟月旅边穹，万里家山长在梦魂中。

白头看月珠江畔，光照双昏眼。昨宵花市偶然来，姹紫嫣红唯对少年开。

［2003年4月于珠海碧涛花园］

风入松　客居偶成

逢春几度在天涯，无意去看花。昨宵梦里临村肆，偕诗侣、煮酒烹茶。还是当时情景，小桥流水人家。

何当万里骤飞车，漠北卷尘沙。边城岁月匆匆过，听黄水、波浪喧哗。塞上天风遒劲，吹浓两鬓霜华。

［2003年4月23日于珠海］

秋波媚　游珠海东澳岛

烟水茫茫渡轻舟，瀛岛作仙游。木棉红火，紫荆明艳，花事方稠。

蓬莱不在云天外，碧浪绕琼楼。伶仃洋里，文山遗叹，青史长留。

[2003年4月27日]

转应曲　题珠海渔女塑像

渔女，渔女，伫立披风沐雨。明珠璀璨高擎，清辉照烛靓城。城靓，城靓，盈目繁华丽景。

[2003年6月9日]

临江仙　石嘴山市石嘴子公园

奇峭嶙峋称石嘴，黄河终古长流。扬帆击浪写春秋。碑亭留史迹，环保酿清幽。

傍岸层楼添秀色，江山绘事难休。塞边新景壮神州。无限红尘里，百姓主沉浮。

[2007年7月20日～21日]

青玉案　珠海上元之夕

上元月照街边树，灿灯火，霓虹舞，五色烟花星耀路。华车轻逐，春衫翠袖，都向歌边聚。

身随彩浪光波去，只往红尘最深处，揽得今宵欢几许？特区新色，海滨旧迹，留我萍踪驻。

[2008年2月21日(农历元宵节)之夜]

人月圆　海滨看月

波涛私语渔灯闪，悄立沐清辉。海天一色，轻风掠起，吹薄春衣。

遥看云外，家山何处？鸿雁南飞。马蹄车笛，今宵偶憩，踏月寻诗。

[2008年2月22日之夜]

汉宫春　游珠海圆明新园有感

画栋雕梁，更朱门红柱，琼阁飞檐。何堪回首，强虏烈焰冲天。歌台舞榭，霎时间，化作灰烟。家国恨，繁华风月，只留断壁残垣。

欣喜神州兴起，看名园再造，展现新颜。西江浪涛荡辱，洗出晴岚。特区璀璨，众齐吟、改革诗篇。今日里、标新忆旧，增辉锦绣江山。

[2008年3月11日]

浪淘沙　为汶川抗震救灾作

地裂挟山崩，断谷夷陵，千楼万厦霎时倾。锦绣田园堆瓦砾，血泪苍生。

奋起战灾情，秒夺分争，神州亿万共精诚。暴雨狂风终入史，朝日新升。

[2008年5月17日]

菩萨蛮　银川爱伊河寻胜步稼轩韵

爱伊河里清清水，轻歌曼舞欢欣泪。塞景寄长安，襟湖含远山。

风光留客住，仙境难离去。归晚不愁予，云霞飞鹧鸪。

[2008年7月11日]

临江仙　重游峨眉山

壮岁醉心行万里，乘风直上峨眉。清音阁上听清溪。洪椿坪下立，金顶跃天梯。

谁信衰年重到此，是缘是梦翻疑。仙山秀迹似当时。萍踪秋水澈，二度采新诗。

[2008年11月9日]

破阵子　重访成都武侯祠

卅载重回旧地，今朝再作仙游。丞相祠堂情似昔，唯见诗人华发稠，年光如水流。

前后出师表在，祁山寸土无收。天下三分终入晋，一统江山不姓刘。恨遗青史愁。

[2008年11月10日于成都]

〔中吕〕满庭芳　集阎云霞曲句赠云霞先生

击节吟咏，曲肥诗瘦，月领群星，山歌一曲唱深情。梦里飘零，耿耿诗魂一脉承。悠悠唱、浮想萌生。濡雪红梅含露馨，谁家古琴鸣？

注：此曲系集句，原句不能改。因之，句中平上去有不合原谱之处，只大致相符而已。

[2012年12月]

菩萨蛮　题（兰山抒怀）

黄河金岸东流水，喷珠溅翠丰年岁。西夏昔辉煌，史章今渺茫。

十年吟社立，情寄抒怀集。曲曲动心弦，歌诗千万篇。

[2014年7月25日]

卷三　散文

午夜

夜，无声地进行着。

不是沙漠中的荒凉，不是原始时代的平静，展开在眼前的，只是一片无限的黑暗……

在一些寂寞的日子，我是午夜的工作者。每当失眠缠绕我，便在灯下写一些美丽的句子，或是朗诵着热情的诗篇。远巷里击柝者的梆子，单调地飘来几点声响。

一连串深沉的夜，就是这样的消逝。因此，我深深地爱着夜。

没有人，谁都漫在甜梦里。这时，我可以拿出还没有泯灭尽的天真，自由地做着一切，不必像日间要戴上一副笑的面具去与人周旋。

今夜，我又在灯下读鲁迅和高尔基的作品。但烦躁使我合上书，抓起信笺，预备给友人写些热忱的寄语，一张两张……十来张被撕去了，纸上始终没有涂写过三行。于是，我剪一剪烛花，让黑暗的影子退向屋角。

现在我才知道寂寞是如此的可怕，枯燥的生活不能使一个人常常的安静，我实在不知道以往那么多寂寞的夜，是用什么方法打发了它们。

我竭力抑制着感情的怒火，使它不要作无谓的喷射，但我觉得无比的窒息。自己知道感情终有一天会像一股强烈的洪流从心灵里冲出来，今天也许就是爆炸的日子。现在我需要点温暖，不能再在黑暗里待下去，永远让寂寞侵蚀。于是，我拉开了门疯狂地跑出去，在广场上，向东方，迎接跟随午夜后面而来的第一线曙光。

[1946年秋于采石矶]

星海恋

如果说月亮是黑夜的花朵，那么，那无数颗明亮的星星，便是夜天的眼睛……

夜天像一片无垠的大海，星星就是飘浮在海面上许多的许多的白色花朵。我是没有看到过海的孩子，但是我会意想到海，该像夜天一样美丽，因为夜天是星星的摇篮，而宇宙间最美丽的便是那无边的海和明亮的星星呵。

有一大段日子，每当让黄昏送走我一身的疲劳，便独自在院子里倚着树数着院墙内一角蓝天上的星星，直到夜深沉。

一支火焰燃起一个绮丽的希望，星星给了我光明的启示。而更因此，我想起海，想起成群的白鸥和黑夜里指示迷途舟子的灯塔，更想起海天上闪烁的星星……于是，我笑了。传奇告诉我星星和海都有一些比灵魂还美丽的故事。

我爱海，我更爱星星。

[1947年春一个有星星的夜晚完稿于鸠江]

春日短笺

春桃一片花如海，
千树万树迎风开。
花从树上纷纷下，
人从花底双双来。
——郭沫若：《棠棣之花》插曲歌词

5月，银川市中山公园里的花被春风吹得盛开了。

春天，是花的季节，公园里，更是花的世界。那各种各样颜色的花，掩映在满园鲜嫩鲜嫩的新绿中间，就像是一幅绿色的绸子上面，绣着无数朵美丽的五色云霞，使你的眼睛应接不暇。真是："乱花渐欲迷人眼，浅草才能没马蹄。"

在园中"少年之家"旁边，粉红的桃花和嫩黄的金钟梅正在含笑迎人。在桃花下面，有红领巾在嬉戏。他们每一个人都有着一张红红的圆脸蛋。是桃花把春天的颜色染上了孩子的笑颊，还是孩子的笑颊映红了鲜艳的桃花？在阳光的照射下，金钟梅真像金子一样灿烂耀眼。它以特有的浓艳的嫩黄色吸引着游人。然而，最富于诗意的，大概要算是丁香花了。在北欧，它到仲夏才开花，真可以说是姗姗来迟，但在我们充满诗情的国度里，它却是一个早到的客人，春天开放，飘散着清幽的香味，在那白色花树下的长椅上，年轻的情人在柔声低语，他们的爱情，该会像丁香花一样洁白，一样甜美。

也许，这些花已经够使你赏心悦目、流连忘返了。但是，当你再走近花房一看，就会更深切体会到“欲穷千里目，更上一层楼”的含义。那里，春天的兰花和秋天的菊花同时开放，那开得大红大紫的绣球花，不由得会使你想起狮子滚绣球的古老民族风习，而它那一团团红得像火一样的花朵，不又象征着青春旺盛的社会主义精神！紫红的洋蝴蝶花，在茂密的绿叶上面翩翩欲飞，引得温室外面的蝴蝶，绕着玻璃飞舞，也想和它比比究竟谁最美丽！还有四季常开的月季花，宫灯形的凤手花篮，挺秀的令箭荷花，细碎的醋香梅，和许许多多不知名字的花……它们都在争红斗艳，互相竞发。

看见这么许多的花，你不能不惊叹花匠们的巧夺天工，为人间增添了多少诗情画意、园林春色。的确，花工们是多么辛勤啊，他们为了给人们的生活增加美的情趣终日终年默默地劳动着。园里的朵朵鲜花，棵棵树木都是他们的心血和汗水培育出来的，老花工师傅吴兴德已经有二十多年种花的经验了。现在，他正忙着喷药、浇灌，指导徒弟进行嫁接，研究怎样控制花期，怎样使黑夜才会一现的昙花失去它的神秘。他爱花，他是散花使者，用那双灵巧的手，把多少鲜花散遍了公园。望着自己精心栽培的花木，轻轻地抚摸着它们，老花工额头上的皱纹舒展开了，脸上泛起欣慰的笑容。如果你是一个教师，当你看到孩子在党的阳光下蓬勃成长的时候，你有怎样的感觉，你便会理解老园丁此刻的心情。一个经历了许多苦难辛酸，从那样的旧社会走过来的人，亲眼看到昔日马鸿逵的炮兵营和“私人园林”，今天变成万紫千红、游人如织的公园，回想自己当年忍饥挨饿，被强迫给马家军阀种花的情景，再看看今天自己的劳绩，能给更多的人以愉快和休息，给他们以美的陶冶和美的享受，吴兴德师傅怎能不感到幸福呢！

爱花的人们啊，你要是不想辜负这如画的春色，美丽的园林，娇艳的鲜花，那么，就和你的朋友，你的爱人和孩子到公园里来吧！

［1962年5月］

塞上江南美如画

在人们的印象里，也许“塞上江南”要比真正的江南更有诗情画意吧?因为顾名思义，它既具塞上特色，又有江南风姿，就像是把大漠金沙和绿树红桃融汇在一幅画里，那是多么绮丽的景象!

我们通常所说的“塞上江南”，指的是美丽富饶的宁夏川。绵亘数百里的贺兰山，像一道长长的屏风，挡住了从西面来的戈壁飞沙和高天寒流，使这里蓝天明净，气候温和，东边，九曲黄河由南向北，哺育着塞上的千里沃野，好像是从锦绣江南裁来一段春色，镶在辽阔的西北黄土高原上。看吧，水田里稻秧浸绿，仿佛铺开巨大的翡翠地毯，旱地上麦浪翻滚，汇成一片金色的海洋。渠水结网，似银链闪闪发亮，果实挂枝，像玛瑙晶莹鲜红。宁夏一向以红、黄、蓝、白、黑五种颜色的土特产驰名，那是指枸杞、甘草、贺兰石、滩羊皮、发菜，而塞上的山川，却比这些产品的色彩更为鲜艳多姿!

“塞上江南”是古老的。这里，有至今长流不息的秦渠、汉渠和唐徕渠。它们的名称表示了年代的久远，是我们勤劳勇敢的祖先留下来的水利工程。始建于南北朝的海宝塔，形状奇特，风格迥异，1050年初建的承天寺塔，呈八角形，塔顶翠绿，造型美观。多少年来，它们阅尽人间沧桑，现在仍然挺立着，为自治区首府银川这座塞上名城增添了秀色。一千二百多年前唐肃宗李亨即位的灵武和11世纪西夏建立的“昊王城”遗址，也都在黄河之滨，贺兰山下。悠悠长渠、巍巍宝塔和古城遗迹不仅证明宁夏川古来就是一个好地方，更证明长城以北的广阔土地自古就划入我们祖国的神圣版图。

但是，宁夏古老的历史，浸渍了多少血泪啊！解放前，这里尽管也同样有黄河灌溉之利，然而千百年中，反动统治阶级只知残害人民，哪里会有心思去发展生产呢？许多地方积水难排，年深月久，使塞上江南的锦绣山川变成了许多盐碱湖滩，茫茫白色，满目荒凉。“天下黄河富宁夏”的谚语，徒然反映了人们美好的愿望而已。国民党军阀马鸿逵统治十七年，榨尽了人民的血汗，却没有建过一座像样的工厂，没有修过一条像样的公路。那时的宁夏，炼不出一斤铁，贺兰山中丰富的地下宝藏也只能昏然沉睡。军阀们为了抢夺地盘而连年火并。胡笳悲吟，塞马嘶鸣，一片萧条冷落的气氛。贫苦的各族劳动人民生活在漫漫黑夜里，挣扎于水深火热之中。美丽的“塞上江南”啊，山河凄冷无颜色，回汉村庄半凋零……直到解放的歌声唱遍了黄河两岸的时候，宁夏川才永远地结束了它的悲惨历史，逐步恢复了它的青春。

现在，宁夏回族自治区成立已经二十年了。二十年，一个世纪的五分之一，连接起来，好像是一轴长画卷，不，它不是静止的画，却像一大卷能活动的彩色影片，上面有灿烂的阳光，也有雷电风云；有火热生活的镜头，也有沸腾建设的场景，每当我们回顾往事的时候，便一幕幕在脑海里映现出来。二十年前，自治区成立时欢庆的情景还依稀在目。在党的民族政策的光辉照耀之下，一批批支援边疆建设的人们从天安门前、海河两岸、黄浦江畔、东海之滨来到这里，“把青春献给美丽富饶的宁夏”——就是当时各种乡音表达出来的共同心声。1961年9月，毛泽东同志“应宁夏同志嘱书”，写了《清平乐·六盘山》，给了人们多大的激励呵！“不到长城非好汉”的铿锵诗句，化做了建设社会主义新宁夏的巨大动力。于是，回族、汉族、蒙古族等各族同胞，本地的、外来的同志，一同用智慧的头脑、灵巧的双手，精心地描山绣水，装扮着塞上江南新家乡，使得它宛如孔雀开屏一样，展现出美丽动人的身姿。如果你是一个曾参加过自治区成立庆典的远方客人，此番重游，一定会惊喜地发现：虽然一样是莽莽贺兰，滔滔黄河，然而巨大的变化又怎能不使一个阔别了二十年的人眼花缭乱呵！

那么，就让我们一起沿着黄河游历一番吧。在自治区成立二十周年的火红的日子里，传来了大型扬水工程胜利建成的喜讯：在自治区境内的黄河南段，人们把河水引上了山头，让它染绿回族聚居的同心县赭红色的干旱山野。这里世世代代盼水的回族同胞啊，激动得从心里迸发出“感谢党和政府送来幸福水”的欢呼。三十年前，除了省城银川有一部破旧的小发电机供少数官僚富商照明以外，整个宁夏是一个漆黑的世界。而今，青铜古峡筑起了横跨黄河的大坝，坝上，高高的输电塔，仿佛是希腊神话中的普洛米修斯伸出的巨大的手臂，把千斗星星、万斛明珠撒遍大小城镇、千村万户；用光和热给工业播上双翼，催农业向机械化展翅飞翔。从青铜峡沿河向北，在西夏时未能修成的“昊王渠”的废址上，东、西两大干渠水流汩汩，浪花飞溅，把贺兰山麓的亘古沙原变成肥田沃土，把吴忠、青铜峡、灵武的湖坑碱地，改造成一档档整齐的机耕条田和一块块精致的小畦园田。

银川市在二十年前，不过是一个八万人口的小城；从那时以来，市区面积扩大了五倍，人口增至三十多万，成为一座新兴城市。你看，许多直矗云空的大楼拔地而起，和前朝遗留下来的鼓楼、玉皇阁、南城楼等古式建筑相映成趣。在一条条大街上，汽车飞梭，行人如织，头戴白帽、飘拂长髯的回族老人悠闲地散步，身穿花衣裙的年轻姑娘，神采飞扬，骑着自行车疾驰而过。1958年还是寂寂荒滩、杳无人烟的铁路西，如今已经是工厂林立、马路纵横的新市区了。此外，还有几十里长、林荫夹道的银新路，绿树重重、繁花似锦的人民公园，还有体育馆、游泳池和宾馆，这一切一切，构成了这座社会主义城市的新风貌。

由银川顺黄河北行，便是煤城石嘴山市。在那起伏的山峦中间，矿井星罗棋布。二十多万矿工和家属正在为实现新时期的总任务而奋战。从这里翻越贺兰山，便是著名的吉兰泰盐湖[①]，它像一面明镜嵌在戈壁的瀚海里。卤水泛波，盐山泻玉，又是一番风光。原煤和吉盐从贺兰山内外源源不断地运往祖国的四面八方。

经过从南到北纵贯塞上江南的旅行之后，亲爱的同志啊，你也许会更深切地理解“神女应无恙，当惊世界殊”的含义吧！二十年来，随着社会主义现代化建设的向前跃进，“塞上江南”的范围也扩大了：黄河携着春色从中宁流到了同心，还将继续流到固原、海原等南部山区；盐瀑和铁路把锦缎从贺兰山铺向瀚海，铺向蓝色的吉兰泰。同时，“塞上江南”也变得更美了。写到这里，我忽然想到：如果把前面说

① 当时吉兰泰盐湖为宁夏所辖。

到过的、传统的红、黄、蓝、白、黑五种土特产换成同样颜色的另外五种事物——炼铁炉的熊熊火焰，引黄灌区的稻海麦浪，银川新市区工厂夜空的闪闪弧光，吉兰泰的玉瀑银流，石嘴山的滚滚乌金，不是更能确切地显现出“塞上江南”今天瑰丽的画面吗！

“塞上江南”啊，三十年前你徒具虚名；今天，才名副其实。那么，明天呢？明天，在实现祖国四个现代化的进军行列中，你将焕发出更加绚丽的光采！

[1978年8月]

梦里青山

古往今来，以山为题材的散文，如果用古色古香的词语来形容，大概可以用得上“汗牛充栋”或者“浩如烟海”这些字眼罢。我却不避重复雷同之嫌，也想写一篇“山”，让牛多流一滴汗，为书屋增加几页纸，给大海再添一缕烟波。

因为我对山的渴念，无尽无止，不能自已……

是的，在那重重叠叠的山岭中间，我丢下了一大串童年的梦。那是一座名山的支脉。主山黄山虽然以她的仙姿驰名于世界，而支脉却如乡野的村姑默默无闻。就在这四周环山的一个村庄里，我，像一棵小草，寂寞地，悄悄地生长起来。山，搂抱着我；我，依偎在山的怀里。倘若把我的生命比做一条明净的小溪，那么它上游的水波里，便充满了山的形象。以致后来我走出山区，在广漠无垠的平原上生活的那些年月，哪怕是看到一点远山的影子，也感到分外的亲切！

然而，在那已经像梦一样消逝了的儿时，我却从来没有想到过有一天会离开山。每天早晨，一睁开眼睛，四面的山就矗立在我的面前，它们高大，威严，峥嵘，深邃，团团围住一片谷地，形成了我的生活环境。我像是住在一所硕大无朋的房屋中，里面已经够我活动了，并不想要走出屋子去看看外面到底是什么样子。有一两次，我偶尔爬上一座山头，以为可以看到山外的景象了吧，谁知山外仍然是绵延起伏的群山，海浪一般浮向天际，犹似趴在窗户上看屋外，见到的竟还是房屋和院落。

山，虽然挡住了我的视线，圈住了我的想象力，但在我的心目中，它却是神奇有趣的。那些高高的山顶，也许就是白云的家乡吧。有一位叱咤风云的将军，曾写下这样的诗来赞美我们那里的山："云中美人雾中山，立马悬崖君试看。"[①]多美的诗句、多美的风光哪！可惜那时候我还不会体味诗中的意境，也不会欣赏如画的山色。依我贫乏而幼稚的遐想，在那终年云封雾罩的峰岭之上，幽谷之中，住的该不是美人，而一定是仙人。请不要笑话小孩子曲解了将军的诗，螺蛳坑不就是有仙姑姨姨住在那里吗？从汪山岗再向上去，山道旁边那巨大而齐整的石壁，听说就是仙女的衣橱，在有月亮的晚上，过路的人还看见过仙女开柜取衣服呢。是拿一件轻云缝制的披风去给齐云山上的那个石女人挡挡月夜风露吗？听说她是在那里翘望丈夫归来，站得久了而化为石人的。其实，那不过是一块略具人形的石头罢了。后来，我才知道，"望夫石"的故事也并非我乡独具，而是许多地方都有流传的，大约是旧时代太多的"望夫"悲剧的一种升华。

不仅山上形似某种事物的石头产生过种种动人的传说，就是那些高峻巍峨的山的本身形状，也唤起孩子们许多联想：东南面的东流山像春天的竹笋一样尖尖的，北面的阳山像村塾先生案上的笔架；濂溪对岸的魁山简直同祠堂里的那口大钟一模一样，峰顶的宝塔就是钟上的环扣。而我姨妈家

①叶挺的诗，全诗共四句，"云中美人雾中山，立马悬崖君看。千里江淮任驰骋，飞渡大江换人间。"

的高山(山名)更活像是一头蹲着的狮子。怪不得人家说我们那里的山是“青狮、白象”呢。

姨妈家离我们村有二十几里路，和她家相比，我家所在的庄子就算不得是山村了，最近的山也差不多有一里路，而她家，一个十几户人家的小村，就坐落在万山丛中的一个山顶上，去时，要翻过四道山岭。幼时足软力小，爬起山来很吃力，在岭脚下仰望登山的石级，真仿佛是上天的梯子啊!

但我还是很喜欢到姨妈家去作客的。那里，许多新奇的东西吸引着我，山谷中有玲珑可爱的野水石[①]，玉米地里埋伏着射獐子的弓弩，山上没有水井，喝水用竹管子引来清泉，汩汩不绝，不是天然的自来水吗？那么高的山，不像是平时在家里看的那样，威武地壁立着，而是亲切地蹲在我的身边，甚至驯服地躺在我的脚下，似乎一伸手就可以摸到。这也给孩子的心一种满足，一种自豪。山上，长满了高大的杉树、常青的松柏、嫩绿而稠密的竹林，还搭有看林的“观音棚”[②]。我曾带着又害怕又新鲜的心情跟大人们在棚中过夜。想起来真叫人心跳啦，四周黑糊糊的，山风吹起，满山林涛作响，好似虎啸龙吟，这时，我总是紧张地屏住气，用被子蒙住头，恐惧而兴奋地想象棚外一定有无数野兽在狂奔，许多山魈在往来……

山里一年中最迷人的时光该算是采茶季节了。阳春四月，鲜红的杜鹃花刚刚谢落，漫山低矮的茶棵早就泛出一片新绿色。白天，山上荡漾着清脆婉转的采茶歌声，此起彼

①野水石：一种鹅卵石，浸在水中，鲜明晶莹可爱。

②观音棚：即窝棚，尖顶，呈三角形，据说像观音打坐的形状，故名。

落，你唱我和；晚上，院子里点起松明，人们用竹烘笼焙制采来的鲜茶叶。我爱坐在烘笼边听姨妈讲“古今”[①]，特别爱听她讲鬼神的故事。也许因为人小不耐疲乏，常常是听着听着就依在姨妈身旁睡熟了，而大人们却是长夜劳作，通宵不眠。山里人靠山吃山，终年辛劳，胼手胝足，而大部分收入，都要给山主交租，自己所剩也就很有限了，但是，新茶登场毕竟是一年的收获季节，在山民的生活里多少掺进一点欢乐。看到姨妈嘴边浮出的一丝笑影，我也感受到春阳的暖意。

亲爱的山啊，不仅养育了世世代代的山民，也养育了一支小小的革命游击队，那是皖南事变后留在我家乡的少数新四军战士和几条枪组织起来的队伍，靠着大山的荫蔽，山民的庇护，它从小到大，星火燎原了。于是，我家所在的村头筑起了碉堡，山路上设立了哨卡，我不能自由自在地去姨妈家了，但是，想象的翅膀，碉堡和哨卡是锁不住的。我的神思越过空间，翱翔于崇山峻岭之间，飞落在姨妈的小屋之中，并且随着游击队的脚步跋涉驰骋，为它的活动涂上一道道惊险的、浪漫的色彩……

我终于有机会再回到姨妈的家，又看见了那些熟悉而又生疏的山影，恰巧也是在采茶季节，我又拾起了童年的梦。但是，时间的河水已经流过了将近三十个年头。漫长的岁月啊，我从多姿的山区跑到单调的平原，从偏僻的乡村走进繁华的城市，从秀美的江南来到壮阔的塞北，从锦绣田园奔向金沙瀚海……离家乡越来越远，对它的悠悠思念也是时浓时

① 古今：即故事。

淡。梦里青山，格外美丽动人，每一座山头，每一片丛林，连姨妈家的屋檐上都缀满了灿烂的星星。然而，六年前，当我重新坐在姨妈家院子里的时候，还是一样的松明，一样的竹烘笼，一样的夜天上高不可摘的星星……眼前宛然昔时风景。也许是山林赐予的最惠的待遇吧，姨妈八十多岁了，身子还很硬朗，也一样坐在烘笼边。但生活中哪里有完全相同的重演的戏呢！所以，坐不了多久，便被她的儿孙们搀回屋去睡觉。此外，也还有几件事和从前不同：一样的烘茶叶，但所有制不一样了，烘笼边的谈论“古今”中增添了当年游击队战斗的传奇，也夹杂着谈论当前一些令人不解的传说。烘笼旁还多了我的一位表哥，本来是邻县的一个颇有名望的中学教师，十七年前，由于众所周知的那一“关”，他没有能够过去，戴着一顶沉重的冠冕，被刷到这深山里来了，然而也幸而来了，有大山的屏障，山民的掩护，他竟奇迹般地避免了去尝“牛棚”的滋味。因之，还能安然坐在这里烤茶叶打发日子，也算是“塞翁失马”吧。

无情的时光在我的额上又印下了几道“年轮”。那位“塞翁”的马已经失而复得，又骑着它出山做他的“人之患”去了。出土文物，不减当年风采，也应该感谢大山的保护啊！而光华闪耀的群星，也终于飞下九天，飞遍山山野野，飞憩在树梢上，飞进姨妈的院落。亲爱的家山啊，你真已变得和我的梦里一样美丽吗？

［1980年7月24日、8月5日］

银婚曲

星期六的黄昏是美丽的。橘红色的夕阳和玫瑰色的晚霞把人间绘成一个醉人的、富于诗氛的境界。从办公室、车间、学校……走出来的一大群年轻人，沉浸在这迷人的光海里。球场上，活跃着他们矫健的身姿；剧院前，荡漾着他们爽朗的笑声；林荫道边，掩映着他们双双的姿影……

在这样诱人的时刻里，我们中年人却往往希望度过一个安静的夜晚，同样都是在过假日，只是内容和形式有明显的年龄特征而已。

此刻，黄昏将尽，夜色悄然地从窗外爬进来。远处，不知什么地方的扬声器里送来一阵音乐，像是从雾里飘来的一般，更增加了静寂感。孩子们出去看电影了，只剩下我和肖芸留在家里，享受着柔和而宁静的夜晚。

肖芸坐在沙发上，一边看书一边为儿子编织毛衣。日光灯管里流出来的光像水银一样泻在她的身上。我坐在对面的藤椅上看她，思绪却潮水般地泛滥开来。她抬起头，发现我痴痴地望她，不禁恬静地笑笑，又看书了，她自然不会知道此时我在想些什么。我是在构思一篇关于她的散文，这是很久以来我一直想做的一件事情。记得许多年前——那时我们都还年轻——我为她写过一首诗，并且给一位当时我认为的好友看过。没有料想在后来的一次政治运动中，竟被戴上了

“资产阶级爱情至上”的荆冠。其实，那首诗的艺术固然十分粗劣，而思想性却无可指摘。虽然经过这一番教训，我却并未引以为戒，还是常常想为她写点什么，把她那在我心目中的感人形象留在纸上。随着时间的流逝，这念头竟愈来愈浓烈，使我终于不得不认真酝酿起怎么来写她了。这就是我此刻的思路。

我更加凝神地看着她的脸，想从那额前的皱折里勾出她已经逝去了的岁月，从那清秀的面廓上寻见她青春的最后的影子。啊，她的面貌和衣着依旧那么平常，就如二十多年前我第一次见到她时一样。我记得那是一个初秋的早晨，她穿一身褪了色的旧军装，用牛皮筋扎两根短辫，到我工作的学校来报到，担任语文教师。她的一切是那么普通，甚至开始并未引起我们这些小伙子注意。她在那里任教三年，在一百多位教职员中，也是一个从来不引人注目的人物。在我们这个熙熙攘攘的城市里，你即便曾遇到过她一次，两次，当她消失在茫茫人海中以后，你再遇到她恐怕也很难认得出来。喜爱看惊险小说的同志常说，这种人最适宜做侦察工作。她虽然没有成为一个公安干部，然而，却曾经是一位战士。在那夜气如磐，即将破晓的年月，肖芸，一个像现在我们的女儿一样的大学生，勇敢地跨进了当时反饥饿、反内战的战斗行列。用她少女的全部热情迎接了祖国的早晨。在那座著名山城解放的第二天，她就瞒着家里的亲人，投身于革命的部队，从山青水秀的嘉陵江畔一直跑到了硝烟弥漫的鸭绿江彼岸。遗憾的是那时我还不认识她，我自己也无戎马征战的光荣经历。但是，我想象得出，冒着敌人的炮火救护伤员，在坑道里传播文化的种子，她那坚毅的形象一定似一尊英武的女神。

白衣战士，文化使者——这就是肖芸军旅生活的全部经历。而作为文化使者的教员，后来，竟成了她终身的职业。从部队转到地方，从一所学校转到另一所学校，她始终继续着粉笔生涯，直到于今。她从前的战友，许多人都升迁了，她后来的同事也有很多升迁了。甚至，她的学生也有的当上了县长，科长。而她，仍然是一个普通的语文教师。每天，从家里到学校，从办公室到教室，从春到秋，从冬到夏……假如教室是一台巨大的录音机，该能录下多少盘磁带的她琅琅的讲课声啊；假如语文教研组的玻璃窗是一架照相机，又该会摄下多少张她伏案备课、改作业的姿影！就这样，一万来个日子，逐渐地消融在一支支蚀落的粉笔中，粉笔的灰飞上她的鬓角，再也掸不落了，阳光的剑，也在她的脸上刻下了熨不平的年轮。她依然像时钟一样准确而刻板地到学校，上讲台，心甘情愿地保持一贯的默默无闻，怡然自得其乐，从无引人注意的奢望。

然而，回到家里，她却是个“日理万机”，举足轻重的人物。现在，我已经无法回忆起在遇她以前的那些岁月，我到底是怎样生活的，那是一段遥远的，令人不愉快的回忆。如果把我在单身汉时的种种狼狈景象再现于笔下，那将永远成为儿女们讥笑爸爸的话柄，所以也就用删节号从略了……就说那以后吧。有两次，肖芸率领学生下乡劳动去了——那几年，学生上课很少而下乡劳动却很多——我们家里变成什么样子呀：炉子里的火生不起来，只好乞助于邻家，饱尝“昨日邻家乞薪火，晓窗分与读书灯”的滋味。我擀面的技术差，又乏耐心，于是，一天吃两顿面糊糊；大木盆里堆满了脏衣服，我和上小学的女儿一件一件地、艰难地、胡乱地洗着；刚会走路的儿子脸上糊满泥土和鼻涕……盼呀，盼呀，好容易把肖芸盼回来了，我那个喜悦呀，真像是涸辙之鲋突然跳进了河里。于是，家里被我颠倒的一切，很快又重新颠倒过来了，恢复了整洁、明亮、舒适的旧观。在十年动乱岁月，我由于写了几篇文章，受到大家可以想见的磨难。她含着眼泪，忍受着辛苦劳累，用女性的柔情轻轻地抚摸着我受伤的心灵，使我增添了生活下去的勇气，终于走到了雨后天晴，日丽风和的今天。

而今，每天下班以后，我就钻进了她特意为我收拾的半间斗室，读书、写作，她却活动在厨房里，做饭，烧菜。假日，我照例关在自己的小天地里，"躲进小楼成一统"了；而她，则洗涤一盆盆的衣物，打扫一个星期的尘垢，坐在缝纫机前为孩子缝补衣裳……有时，我工作得疲倦了，身后便会递来一杯热茶，或者一杯浓淡均匀的麦乳精，而当我午夜梦回的时候，却常常发现台灯仍然放射着柔和的光辉，那是她在一字一句地预备课程。啊，她自动地挤出了一点一滴的时间，溶进我的篇篇诗文。英国有"影子内阁"，我们家里有个"影子作者"，不，她是一个不署名的实实在在的作者。她虽然曾是先进工作者，但报上从来没见过她的名字；她偶尔也在报上发表点东西，但总是一次换一个笔名，至今，谁也不知道她曾写过文章。

战士，教员，母亲，妻子——这就是我的肖芸。她月复一月，年复一年地在她工作的园地上耕耘着，从青年到中年，还将到老年，为着亲爱的祖国，为着年轻的一代，也为着我们的家庭，为着我……

我把泛滥的思绪收拢起来，凝聚到眼前的肖芸身上。于是，我把藤椅挪近到她身旁，用手轻轻地抚摸着她的头发，她把头靠在我的手臂上，我俩默默地共同领略这周末的恬静，体味着中年的爱情。我的脑海里忽然涌出一阕小词——《调笑令》来："华发，华发，忆否红颜似画。争教岁月欺人，仙姿渐让皱纹。纹皱，纹皱，笑我深情依旧。"

这就是我此时心情的写照。于是，我扶她站起来，一同走到穿衣镜前并肩而立。镜中的形象不就是当年我们结婚照片上的样子吗？不过，现在如果拍下这镜头的话，那该是银婚纪念了。

外面响起敲门声，是女儿和儿子看完电影回来了。根据传统的风习，在已经长大的儿女面前，父母是不能相互表示亲热的。我们的"银婚典礼"也就只好到此为止。

亲爱的肖芸啊，如果中国有一半女性的话，你是其中的五亿分之一。你绝够不上是中国妇女的典型，而只是她们中间最不出众的一员。在知识分子的队伍中，你也只是最普通的一个细胞。你的一切都是平凡的，而在我的眼中，却是那么动人，像是一首朴素的诗，时时掀动着我的心潮。

在我心灵的字典上，你永远是一个大写的人。

［1981年7月2日于贺兰山麓之拂云楼］

花和树

（四篇）

映山红

万绿丛中，绽放出一株株山花，那是杜鹃。像在山峦上点燃了枝枝火把，像在幽谷里撒下了点点火星。像是翡翠托盘上捧出的玛瑙，那么鲜红，那么艳丽。

它不像牡丹那样娇嫩，那样爱出风头，不像芍药和海棠，喜欢装饰园林。它是云南山茶花的姊妹，纯朴，热烈，漫山遍野开花，为山民的岁月增添色彩，在茶农的生活里溶进春天。

看林的老人来了，它向他献上花蕾、祝福，天真的孩子来了，它向他们含笑招手，把春天的颜色印上稚嫩的面颊。

有人说，是子规啼血染红了它的花苞。不，它该是当年革命战士的热血浸渍的，才这样鲜艳，它该是昔日游击队员的篝火点燃，才这般热烈。

它也会凋谢。那时，便把自己红色的花瓣融入泥土，去滋养别的花草，别的树木，也滋养着自己的下一代。万绿丛中，一朵朵火苗啊，燃烧着！

牵牛花

在我的窗前，牵牛花开了，翠绿的藤子上，绽放出几朵粉红色和淡紫色的喇叭花。

窗外，原来只有水泥地，灰色的墙，唯有顶上一角湛蓝的天和几片舒卷的白云。

孩子们在窗下砌成一个小小花圃，播下些花籽，又不时地浇灌和照料它，于是，茎叶长出来了，渐渐地，藤蔓爬上了我的窗栏，为窗户和庭院染上了一小片绿色，在朝霞里开出粉红的，淡紫的小花。

牵牛花是纯朴的，无论是它的色彩、形状和风姿。有人鄙薄它善于依附。其实，它从不妄想挤进高贵的园林，只是在山野里，在普通人家的屋檐下悄悄地生长。给竹棉绕绿，使枯木生春，让春天的足迹印上土墙。它用自己的生命装扮世界。

牵牛花是顽强的，在贫瘠的土壤中，即便在一个小木箱盛的土中，只要有点儿阳光和水分，就可以绽开生命的花朵。

牵牛花的生命也是短促的，它的每一朵花蕾只能存活一天左右。但它为人们增添的盎然的生机，给孩子送来的欢愉，永远留在我们的小小庭院里……

牵牛花，热情质朴的花。

荷花与塘泥

六月，荷花盛开。白色的花蕾，那么淡雅，那么高洁，映得一池碧水也格外洁净鲜亮起来。微风吹过，她摇曳着身姿，飘散出一股淡淡的幽香。真是沁人心脾，令人心醉哪。

碧玉般的荷叶将她轻轻地、温柔地托着。在荷叶绿色的手掌上，她显得那么轻盈，风姿自然，仪态大方。但她不是天使，不是天鹅湖中的欧洲的仙女，她是东方的凌波仙子，是水上的洛神。荷叶上滚动着几颗晶莹闪亮的露珠，是荷花滴下的柔情的泪水吗？

她，白玉一样洁净，看起来一尘不染，其实，她也是从泥土里长出来的，不过那是塘泥，不为人所见罢了。人们赞扬她“出污泥而不染”，然而她却深知：塘泥并不污，它是自己的母亲，在母亲的丰沃的怀抱里，伸展着根须，吮吸着营养，她才能成为出水芙蓉，盈盈荷花。塘泥在水底默默地工作着，宁愿守一片黑暗，不见阳光。为的是使女儿出落为琼枝玉叶的荷花，儿子长成活泼可爱的莲子。池水干了，塘泥终于受到阳光的亲吻和抚摸，它激动地向人间献出一年中最后一份珍贵礼品——脆嫩可口的鲜藕。它的外形是黑色的，内部却洁净无瑕。

我爱莲子和塘藕的鲜美，我欣赏荷花高雅的风姿，我更赞美塘泥的高尚情怀。

绿

春天，山野一片绿色：苍绿的是松柏，深绿的是杉槐，葱绿的是杨柳，翠绿的是毛竹……各种不同的绿色杂然交错而又层次有序，像浓淡分明，光线清晰的绿色水彩画，像绿色大海激起的层层波浪，像硕大绿绸上的自然褶皱，像起伏凸凹的原野上的绿色地毯，像笼罩在辽阔大地上绿色的云……它，令人赏心悦目，心旷神怡；它，引发联想，牵动遐思：使人的思绪萦绕在无边的、绿色的画意里。

绿，是南国的骄散，因为只有南国得天独厚，拥有那么丰足的绿色资源，绿，是塞北的珍宝，在那戈壁瀚海之中，点点绿洲，不正是贵重的宝石，稀有的碧玉！

绿，是种子的萌发，收获的开端。它由晶莹的、珍珠般的汗滴滋润而生，由健壮的、灵巧的手描画成色。人们用它炼出黄金、孕育白云、酿成甜蜜、飘溢香味。它送来食物，使生命繁衍；铺出浓荫，赠给人间清凉；制成栋梁，支起华堂大厦，瓦舍茅屋……

绿色，是生命的油彩，希望的象征，是春天的罗衫，青春的容颜，是健康的标志，富足的印记……因而，它也是诗的原料："春风又绿江南岸""又是一年芳草绿""燕子来时，绿水人家绕"，不都是用绿色原料酿制的春天的诗吗?

春天，山野一片绿色。我的心也被染得绿了，贮满了绿色的诗，绿色的酒。啊，我是把春天的颜色，不，是把春天的灵魂装到心里来了。

[1983年3月、4月21日于皖南茂林古溪河畔]

江南春雨

江南春雨，如烟似雾，迷迷茫茫；像蝉翼柔纱，轻轻地笼罩山川、田野、村庄；有时也淅淅沥沥，水溅珍珠；或者雨打新叶，潇潇终夜，给人一种单调而凄清的美。此刻，它却无声地落在我的身上。我仰望青灰色的天穹，觉得脸上一阵清凉；雨，飘进嘴里，甜丝丝的；摸摸衣裳，也是湿漉漉的。这一切都无误地告诉我：在春雨霏霏的日子里，我回到江南的故乡来了。

眼前的春雨，曾和我隔着迢长的岁月。它随风飘忽，若有若无，一丝丝，一缕缕，牵引着我的记忆，牵引着我的那些已经逝去的时光。

我，曾经是那么熟悉江南的春雨啊！

也许应当感谢造化的安排吧，我生命的幼芽，竟发端于风光秀丽的江南山村。姹紫嫣红的山花，明媚如画的春色，曾给我的童年涂上明朗的色调。江南的春天也是多雨的，清明时节的纷纷细雨，也曾滋润过我稚嫩的心田。它，先是落在我儿时和少年的岁月里；后来，就落在我温馨的记忆里，落在我浓郁的乡愁中，落在我思念江南的干渴的诗句间……

推开回溯的心窗，我记起：家山的春雨，总是和云雾连在一起的；它们三者各有自己的形态姿影，又不断地相互变化着。白色的棉团或铅灰色的淡墨块铺在天际，那便是云。

当云落下来弥漫着四周的山，并且不住地流动，飘呀飘的，就化做乳白色的雾。雾里青山，特别有一种朦胧的美。有时，偶尔露出一点峰巅的影子，便成了雾海中的仙岛，在雾屏稍开之处，山峦呈暗蓝色，仿佛是深邃不可测的神仙洞府，它引起过我多少童话般的美丽的幻想。当雾大团大团地从山上飘过来时，远远近近的山、树林、村舍，都隐没在一片春雨之中，空蒙而苍茫。

这时，我多半正在村塾里念那不知所云的“子曰”，念得头昏脑涨，全身燥热。于是，瞅空子就偷跑出来在雨中嬉戏蹦跳一番，顿时头脑清醒，周身爽快，甚至把回去要受先生斥责的事也忘到九霄“雨”外去了。

这雨，也许飘飘洒洒一晌，就渐次地仍退为山中的雾和高天的云；也许要落一整天。不论是雨后或雨中，放学的路上，都是孩子们的世界。雨后的村沟，水涨了，我便和小伙伴脱去鞋子，挽起裤脚去水中捉鱼虾。雨中的野地，寂静而喧闹，我常常撑开纸伞痴痴地站着，四壁的山野都沉浸在无边的春雨里，只有伞下的我身上是干的，像是雨海中飘浮的一叶扁舟。孩子的心为雨的包围而感到孤独，也为雨中自身的安然无恙而骄傲。在外面，纸伞上沙沙的雨声，在家中，屋瓦上嚓嚓的雨声，传到我的耳朵里，都是优美的琴音。它们吸引我在伞下久久伫立，伴随我在夜雨中安然入梦。

若是一夜春雨，翌晨初霁，山里的景色那就太美了：山村从沉睡中醒来，格外精神；空气像透明的液汁，异常新鲜，天空如擦拭过的浅蓝色玻璃，洁净无尘；山地经过夜雨的洗涤，生机葱茏，像一块巨大的绿丝绒盖在起伏的浪花上；绿绒中间，随处可见一簇簇杜鹃花，鲜艳地开放着。由于受到春雨的催促，竹林里破土而出的春笋又刷刷地长高许多了；山上，茶树漫出新绿，等候人们去采撷；山下的田里，油菜花照眼鲜明，吐溢清香；农人在紧张地耕作。真是“春雨贵如油”哪！

当年的春雨，曳引的也并非都是愉快的回忆，它也是撩人愁绪的烦恼丝。家山的春景虽美，山民的生活却是穷困的。春雨连绵，既不能上山砍柴，也难以出外干别的营生。雨后放晴庄稼活多了，就要出大力气。而这时，新茶待采，小麦未熟，油菜还在开花，催租的山主、买青棵[①]的油坊老板已经上门。人们半饥不饱地去干活，清水四月，饥肠辘辘，煞是难熬的春荒啊！我们小孩子家虽然不甚领会生活的艰难，但也可从大人的脸上测出家里的风雨晴阴。我们也有自己的烦忧，久雨不晴，城里来的学生[②]，脚上穿的是漂亮的胶靴，有的身上还披着好看的雨衣，睥睨一切，我们山娃娃只能撑破纸伞，拖一双笨重的油鞋[③]侧身其间。幼小的心灵也产生出羡慕之情，蒙上自惭形秽的阴影。

这阴影，竟跟随我好多年。在很长时间内，我总觉得自己是个丑小鸭——一只变不成天鹅的丑小鸭。尽管如此，山里的少年，毕竟也有自己的青春，也有美好的向往。我热恋着邻村的一位少女。有一次，也是落雨的春日，我走过湿湿的，长长的溪岸去看她，因为“丑小鸭”的念头作怪，到了她家门口却不敢进去，几经逡巡，终于怅然而返，全身的衣

---

① 青棵：旧社会，农民迫于生活，在青黄不接时，忍痛把田里的庄稼提前低价卖给商人，谓之卖“青棵”。

② 当时是抗日战争时期，城里学生避难来山里居住。

③ 油鞋：用桐油浸渍过的布鞋，能防水。

服都给雨淋湿了。不久，她到外县去上学，我们就再没见过了。

远了，迷迷蒙蒙的江南春雨，远了，家山的云雾、纸伞上的琴音；也远了，雨后的满山翠色和我童年的快乐与丑小鸭的记忆……此后，春花秋月，风晨雪夕，地角天涯，多少次，我带着温暖而惆怅的心情怀念起家乡的绵绵春雨呀。在几十年匆匆而去的流光里，我也曾几度回雁云峰，驻足家山，但是，不是炎炎夏日，就是风雪归人，从没有遇上过三春时节。现在，只是现在，我才真正地站在了故园的土地上，尽情沐浴着多少年来梦寐难寻的江南春雨。

是的，也正因为梦寐难寻，时机不再，一接到“湖畔诗会”的邀请，我就星夜兼程。也许是慰我渴涸已久的心吧，列车一驰入广阔的江淮平原，家乡就用一把春雨迎接了我。我离开塞北时，柳叶还未泛绿，而此时凭车窗眺望，在黯黯稠云下，密密细雨中，碧绿的小麦、嫩黄的菜花、粉红的桃蕊、深红的紫云英纷然交错地呈现在窗前，像一床彩色的毛毯，像一幅活动的油画，我看得眼睛花了，心也醉了，好似喝了满满一杯醇酒。因此，我唯恐耽误多年始遇的江南春色，不敢久恋湖畔风光，诗会一散，就回江南来了，恰巧又逢见平素思绪萦绕的春雨，使我能够重温儿时的梦境，真令人高兴啊！

谁知，虽然一样的青山，一样的春雨，我拾起的却不是那早已烟消的旧梦，而是立在面前的新景。也难怪，沧桑正道，哪里再能寻见几十年前的印痕呢？且不要说得过远了，就是十年前那个多雪而寒冷的冬天，我也回来过，住在侄儿家里。那时，他们一家还很为衣食而忧愁。而今，侄儿竟买了一台中型拖拉机；小侄孙神气活现地跟着他爸爸坐在拖拉机上，扳这弄那，学着开车，说要开上它到老远的叔爷爷家去呢，打纸伞、穿油鞋、点清油灯的生活和他大概是无缘了。不过他虽有胶靴，却不喜欢下雨。因为田里潮湿、道路泥泞，他家的那宝贝拖拉机行驶很不便利啊。

我忽然想起邻村的那位姑娘，就冒雨去看她。雨景宛然旧时，这回却没有徘徊门外了。接待我的竟是一个面色红润的半老太太。她已经从工作岗位上退休，但不肯放闲，还在教村里的山民学习文化。我说起那次冒雨来访、及门而返的景况和丑小鸭的心情，两人都哈哈大笑起来。啊!在几十年后的今天，在这春雨漫绿的锦绣江南，我到底重温了一回旧梦——那青春的、浪漫的梦。

[1983年8月7日于贺兰山麓]

记忆里，两条山溪流着……

两条小河，曲曲弯弯，是我多折的生命旅程吗?它们从山里流到山外去了，也是我青春岁月所经历的风尘仆仆的道路吗?

谁知小河竟流到远方的我的梦里来了，于是，我迎着它的水流和浪花跑去，一直朝上游，果然在一个平静的水湾里捞起了谢落已久的花瓣。

花开花落，都是在江南的一个山村里。两条小河傍村而过，是谁把那浅蓝色的缎带散落在东西山麓，系在山村的衣襟上，为它增添了几多风姿，若许秀韵!

就在两条小河的中间，就在那个有着“江南第一村”桂冠的大村落里，有着我的小桥，我的游伴，我的童年的蓓蕾，我的记忆的花枝……

说是小河，其实不过是较大的山泉而已。所以，它们叫做濂溪和古溪，倒也名实相符。记得几年前，我做过一篇题名《在小河之源》的散文，写的就是村东的濂溪之源。不知为什么，一时心血来潮，在文中，我竟将真名隐去，改成了“芳溪”。古溪的源头却在另一个方向——村子西南面的山谷。那里，对我来说，至今还是一个幽远而陌生的谜呢。

也许是溶进了我昔时珍贵岁月和此日浓烈乡情的缘故吧，无论是在往昔身临其境中，还是在今天的亲切回忆里，我的心灵都深深感受于濂溪和古溪的美丽，但这也是实情，并非是温馨的记忆有意将它们美化。且先不谈别的，就说两条小河之水吧，那个清哪，清得水波涌绿，呈蓝，清得水底游鱼可数，细沙可辨，清得水边洗衣姑娘可以对着它整理云鬓，清得叫人心爱，不由得想脱去衣裳投进它的怀抱……尤其是濂溪，水宽而浅，像母亲坦露胸膛，等待儿女去吮吸乳汁，它淙淙的流水声，也似母亲的声声呼唤啊！夏天的午后，我常常赤条条地在它怀中嬉戏，让水波像母亲爱抚的手一般收去身上的汗珠，熨平心中的燥热。玩水的娃娃多了，就打水仗，激起丈把高远的水花溅湿了河岸，而河水依然是一样的晶亮透明，一样的清泉碧波，也一样地映照着河西新埂与溪东魁峰的影子。

新埂，是始终伴随着濂溪的一道堤岸，用鹅卵石砌得很整齐。它由南而北，绵延十余里，也是一条漂亮的村道。“无情最是台城柳，依旧烟笼十里堤”，那是前人凭吊金陵六朝旧迹的诗句，倒可以移来状写春天的新埂。不过，笼罩在距台城四百里外的濂溪溪岸上的柳烟，牵着的并非是历史的印痕，而是我少时的梦影。它迷迷蒙蒙，洒遍了十里新埂。在河滨的那所中学里，我度过了多少难忘的美好时日——清晨的静寂里，溪岸留下我读书的身影；黄昏的晚烟中，水边飘起邻家女孩子好听的歌声；多少次，我沿着新埂跑步，朝霞将我的两颊抹得绯红；多少次，我独坐溪畔沉思，明月把我的衣裳染成银灰……

站在新埂上看魁峰，是很清楚的，因为只隔一条小河，它就伫立在濂水之东。我们村中小学——我曾在那里读过书——校歌的开头就是“魁峰拱秀，濂水流长……”歌词的意思那时我虽然不甚了了，但它却在我稚嫩的心湖里漾起了关于魁峰和濂溪最初的美感。魁峰的形状像金字塔，满山的林木与芳草，为它织就了一件绿茸茸的外衣。山腰，在竹影摇曳，树叶婆娑之间，掩映着一座庙宇，门楣上题“半山一笠”四字，为这小山增加了几分诗意和幽趣。山顶上有一尊名叫“飞雄”的宝塔，高三层，在我的孩提的心目中，它伟大而庄严，每走到塔下，心里不禁就涌出一种神圣而虔敬的感觉。

还记得在那些春秋佳日里，老师带我们去登魁峰了，也叫“远足”，虽然它离村不过二三里路。山并不高，从山麓至峰顶，约一刻钟可达。到得山巅，放眼西望，我家的村庄与邻村、田野、溪流都历历在目。迎清风以舒憩，面长空而歌唱，那是一种多大的畅快啊！

这种畅快，早已被流光演没在深深的回忆之中了。等到我从回忆里走出来重登此山时，才意外地发现飞雄塔原来是如此之小，小得在我国古塔建筑的艺术之廊里根本找不到它的位置。而我以前在塔前的那种神圣而虔敬之情却依然充溢心间，不过不是由塔而引起，而是由塔旁后来耸起的革命烈士纪念碑所激发。自然，这种感情的内涵倍加深邃丰富于往日，迥然不同于当年。是的，红军战士，新四军健儿和革命游击队员的热血洒在了我故园的土地，染红了春天的花朵，家山的松竹为他们常青，濂、古二溪的水为他们长流。

长流的古溪就依傍在西山脚下，出村背向魁峰濂水西行里许即至。它地处僻静，水也较深，因而总是无声地流着，宛似一位娴静的少女，也如一首幽美的诗。如果说儿时喜欢去喧闹的濂溪玩耍，那么，少年时期便很自然地愿与幽静的古溪结伴了。有一大段日月，逢有闲暇，我常常爱坐在古溪边的石墩上沉思遐想。悠悠的溪水从我身旁流过，清溪，映出我青春的容颜；柔波，轻轻地抚慰我的心灵；碧水，赠给我诗情画意；溪流，滋润我文学的嫩芽。这嫩芽逐渐地茁壮，后来，竟成为我萍踪湖海，浪迹天涯时形影不离、终生不渝的朋友。

古溪西岸有一带斑驳的围墙，那是清朝江南河道总督家遗下的废园。园中荒枝芜草，残断亭台，隐约可见，阴冷而凄凉。我虽不敢涉足园中，但它却曾引起墙外的我的荒诞遐思：月夜雨夕，也有狐魅花妖出没其间吗？而废园北面不远的山家，便是一派生机盎然的人间风调。那里有一个娑罗园，园中有两棵高大的娑罗树，前年秋天，就结出玲珑可爱，情寄相思的红豆。记得那年暮春的一个午后，正值春困难撑的时分，一位邻村姑娘来看我，把明艳的春光携进了我的房间。于是，我便和她一起跨过古溪的石桥去寻找春光之源，去娑罗园采撷桃花。她年轻的影子，印在明镜般的溪水里，也印在我同样年轻而激荡地跳动的心上……然而，桃花不会经久不凋，春天也不是娑罗树结出鲜艳红豆的季节，所以，她的倩影，慢慢地只能印在我回忆的画屏上了，这画屏又在不知不觉中被岁月的尘埃完全掩住。待我终于拂去了它的灰土时，古溪岸上的那个荒凉的废园，已经变成一所房舍整齐，书声琅琅，歌声盈耳的中学了。我记忆画屏上的少女，就在这里度着她的粉笔生涯，不过，已是人到中年，儿女成行了。此后，又过了若干年，还是在古溪岸边的一所宽敞而明亮的房子里，我才有幸和暌别三十年，已经退休了的她再度相逢，一起回首消逝已久的年轻时的梦境。

濂溪和古溪，江南山村里的两道平常的山溪，陪伴我度过童年的时光，送走我青春的年华。濂溪，为我唱过慈爱的摇篮曲，古溪，为我谱写最初的爱之歌。它们永远在我的记忆里流着，流着……携着家乡在四化路上前进的面影，携着桃花潭上新建的电站、少时挚友的深情、山村里辉煌的灯火和愉快的笑声流进了我遥远的乡思。

[1984年4月3日于贺兰山麓]

山川情

（五篇）

阳光鲜亮鲜亮地笑着

原野上，一幢幢农舍凝为村庄，依然是土屋茅檐，豆棚瓜架。

风掀动那家门帘，飘起来了，似一朵洁白的云。

两扇木板门扉笑开了口，欢迎我。

阳光从镂花的木格玻璃窗外射进来，将花影投在靠壁伫立的衣柜上，衣柜漆着奶油和咖啡两种颜色，像一架精致的屏风，阳光静静地躺在天蓝色铁床的印花床单上，倾听它叙述它的上一代——土炕的历史和命运。阳光在屋内踱步，轻轻地摩挲桌上的二十吋彩色电视机，仿佛欣赏一件珍玩，也没有冷淡站在一边的双缸洗衣机，让鸭蛋青色的机壳映射自己柔和的光辉，还有那张矮胖的双人沙发，也在满意地接受阳光的爱抚……

忽然，我发现，墙角上挂了一只有线广播的喇叭。它衰老的面容我是那么熟悉。原来，它是我的一位老友，由它，我想起了许多年前，我曾访问过这陌生的屋子。于是，我的脑膜放映机上跳出了另一个镜头——只有在记忆的国度里才能寻见的镜头。

消逝了，那几千年灰黄暗淡的岁月，一代代没有色彩的生活；告别了，乌黑的墙壁，破烂的炕席，身上的败絮……

有一天，连土屋茅檐也会走进记忆，只有阳光，总是鲜亮鲜亮地笑着，在原野上，在农舍里……

绿色的母亲

汽车驰过黄土高原，扬起的，不是迷眼的灰沙，而是绿色的风。

绿色的风，从大片大片的麦田中吹来，从公路两旁新栽的白杨树上吹来，吹进车窗，给我燥热的皮肤以清凉的爽快，在我干裂的嘴唇上涂着甜丝丝的、湿润的油脂。

我在绿色的风中睡着了，沉入了前夜的梦境：我驱车从这里急驶而过，赭红的山野，在烈日的炙烤下，像《西游记》里的火焰山一样燃烧着，像冲决地壳的熔岩一般炽燃着。热浪和干风从红色的、黄色的泥土的烈焰中滚动而来，扑进车厢，包围住我们，要大口地将我们吞噬……

我猛然惊醒，依然是绿色的原野，绿色的风。我驾轻车，就是来寻找绿风之源的。它在哪里呢？

风起于青萍之末。绿色的风，该是从绿色的水上漂来的吧？

果然，在绿色麦苗的掩映里，在路旁长长的渡槽中，我发现一道渠水不息地流着。它是从黄河里来的，它跨过重重障碍，终于登上这高高的山野。于是，它欢畅，它跳跃，它大笑，从大地的脉管和毛细血管里流进干渴的高原，也流进了每一个山民的心。

然而，渠水并不是绿的，它，金色而闪亮，但它却染绿了山野，染绿了麦田，染绿了希望，染绿了风……它自己也被儿女们映绿了。

啊，渠水，绿色的母亲！

骏马山

我住在山麓，是银川市新区的一部分。门前是一道突兀而起的高山，那便是著名的贺兰山。

长长的山，由南而北，绵亘一百五十多公里，悄立于西北黄土高原的边缘上。远望，山呈蓝色，宛如用山中的名产贺兰石雕琢的屏风，近看，山色由幽蓝转入赭红。倘使在明亮的阳光之下，从飞机上俯瞰，该像是正月里舞动的一条龙灯吧。山也是很高峻的，主峰海拔三千五百多米，从山脚下仰望，起伏的峰峦，浴在蔚蓝的天海里，是海中涌起的层层浪花吗？

我爱山，因为我是在山里长大的，但那是江南的山。小时候，在一本旧小说上，我初知贺兰山，后来，在一首有名的词里，我又读到它。那时，不过是我的一个荒凉而渺远的梦罢了。谁知道日后我竟和贺兰山结下了不解之缘，尔来已经四分之一世纪了。

我来时，贺兰山下也真是凄凉满目，寂寂荒滩，萋萋野草，杳无人烟，极目所至之处，哪怕有一个移动的人影，也立刻就能清晰地看到，这一切，仿佛是为了证实我少时的梦。

不知什么时候，我看见荒原上耸起了第一幢巍峨的大楼——也在这个民族自治区的教育史册上，耸起了第一座高等学府。跟着，新的楼群便纷至沓来，接踵而到了，办公大楼、广播大厦、文化宫、图书馆、医院、住宅……形成了一大片楼的森林。夜晚，星星从天上飞到林中作客了。楼的森林和灯的海洋，在暗蓝的天幕下，在这也许曾是亘古的荒漠上，构筑了一个现实中的童话世界，是我少年的梦中未曾见到的世界。

终于，我也从城里随这楼群大军推进到沙原的前沿，做了贺兰山麓楼林中的一个居民。从此，便有幸和名山朝夕相对，饱览山景的四时转换，晨昏变幻。贺兰山，常常被裹在不断流动的云雾之中，也时时露出枣红的山峦和深蓝的峰壑，似乎它也在动了。每逢这时，我便想起，在蒙古语中，贺兰山原来是一匹骏马啊。它在云遮雾罩之间的形象，不正像是昂首天外、穿云奔跑的骏马吗！看的次数多了，我终能把这种感觉写在一阕小令里，“百里屏风开架，翠岗层峦如画。山色霭岚中，更似破云奔马。奔马，奔马，载我飞追四化。”

山城的路

在宁静的山城里，有一条长长的马路，它的一端是集市，那是一个彩色的海洋。

这条路该是够古老了，它所依傍的那道古城墙的残壁可以作证。但昔时，它当然没有现在这样光滑闪亮，宛似一根黑色缎带，而是凸凸凹凹，尘土飘飞，像一条丑陋的褐黄色爬虫。

在那悠远的烟云岁月里，城堞的夕阳，古戍的狼烟，为路支起了苍凉的背景。路上嘚嘚的马蹄声（恰是名副其实的“马路”啊），马背上呜呜的号角声，为路，奏着沉雄悲抑的乐曲。在那已经逝去了的、并不太遥远的年头，饥饿的身影、脚步，褴褛的衣衫和飘零的树叶，一齐落在路的沉重的叹息里。

终于，春风跟随历史的脚步光临了，吹走了路上积年的灰尘，久印的暗影，驱散了山民身上的寒冷，心头的浓雾。

于是，路上挤满了人。洁白的回民的帽子，像一朵朵飘动的云；各种颜色的头巾，像一把把鲜美的花束。山民驾着自己的载重汽车和摩托车来了，走在人群的前面，马达声、汽笛声合奏起一支山城的进行曲，马路在车轮的热吻下也快乐得颤抖了。

进行曲在不断地奏着，它和黑色河床上的彩色河流一起，淌向路的尽头那彩色的海洋……

龙潭[1]的绿

是谁把一幅江南锦山秀水的画卷遗失在莽莽西北鲜为人知的一角？是谁从春之国度撷来一片带露珠的绿叶缀在黄河女儿的发鬓？

江南的山是浓绿浓绿的，永是清凌凌的；这里的山也是浓绿浓绿的，水也是清凌凌的。后者该是前者在黄土高原上的艺术再现吧。

人们说，绿，是春神独有的财富。那么，也许就是那片撷来的叶子染绿了这里的黄土，也许就是叶上那颗绿莹莹的露珠跌落在黄土里，化为这绿莹莹的龙潭。

龙潭，静静地躺在山的怀抱里。是环绕着它的山把绿意溶进了深深的潭水，还是澄碧的潭水浇遍了四壁的青山？

一汪深潭，用什么来形容它呢？像碧玉、像翡翠、像宝石、像镜面……不，这些已经太陈旧了的比喻，怎能描摹出它的风姿、传达出它的秀韵？它是姑娘的眼睛，是的，只有

① 龙潭：在宁夏泾源县，为泾水之源。

黄河女儿的眼睛才会如此明亮，如此秀美，如此清澈，如此传神。

于是，我想起了从龙潭里流溢出来的龙女牧羊、柳毅传书的迷人神话。当年，龙女一定就住在这潭深处的水晶宫里，龙潭不就是美丽的龙公主的眼睛吗！那豪侠而又多情的柳毅到哪里去了呢?潭边的那棵柳树，也许就是他的化身吧!

龙潭，是妙龄的龙女，也是慈爱的母亲。她孕育出的清清的泾河之水，把柔波曳向大地，去滋润土壤，赢来金色的收获，曳向人间，去洗涤污垢，冲刷出一个明洁的世界。清澈的河水啊，流经山川，流向远方，依然保持洁身自好的品质，于是，形成了“泾渭分明”的自然奇观和人世箴言。

龙潭啊，在我的心目中，你不是江南，胜似江南，于是我把一片乡情倾洒在龙潭的碧水里，然后，从水边拾起一块龙潭名产的水秀石，放在我几上的鱼缸里，撒上麦粒，看绿色渐渐爬满了玲珑的秀石。啊，我将龙潭的绿采回书斋里来了。

[1984年6月、1985年6月11日]

我和银川

我的女儿今年大学毕业了，她那个兴奋劲呀，就像我当年毕业时来宁夏一样。

仿佛于梦寐中猛然惊醒，原来，我来到这塞上江南的古城银川已经二十六度春秋了。

二十六年，也长也不长。

说长，四分之一的世纪哪，有生以来，我还在此外的哪个地方——包括我的江南家乡——待过这么久呢！在这里，我穿过岁月的阳光风雨，经历季节的冰霜春色，于人生的旅途上，从一个小伙子走到了中年的尾声；而古老的宁夏，经过流光的冲洗，却返老还童，青春再度，变得完全看不出我初来时满脸皱纹的模样了。

说不长，也是。我刚到银川时的情景至今记忆犹新，好似昨天一般；也像尘封的图画，拂去灰土依旧鲜明。

那是八月下旬的一个晴朗的早晨，秋风拂面，略带寒意。我们，一群大学毕业生，乘坐新筑成的包兰铁路的第一趟客运列车到达银川。青年人总是富于热情的。尽管大学生最后年月远非都是很愉快的，尽管西去的列车越来越荒凉，但是，走向生活，建设大西北的激情却在每个同学的体内沸腾。一路上车厢里歌声不断，笑语频频。在银川一下火车，我立刻用兴奋的语气给家里发了一通电报：“淮已安抵宁夏。”虽然，那时车站是露天的，还没盖房屋，邮电所设在席棚里。

其实，到这里来的，岂但是我们一路人马呢！包兰铁路通车以后，每一趟列车都将一大批各种乡音的人们和各色行李留在了银川。当时，宁夏回族自治区正在筹备建立，人们从山南海北，像一道道汩汩的河流，汇聚到银川这座西北高原上的名城来，参加自治区的社会主义建设。——我，也就是这些水流中的一滴细小的水珠。于是，在银川的大街小巷，发音纯正的普通话、清脆急促的上海腔、柔和好听的浙江方言和刚健质朴的银川话和谐地融合在一起，汇成悦耳的交响曲。

回想来宁夏前夕的心情，也很有意思。我从分省地图上找银川，并且，凭借读过的《敕勒歌》《塞上曲》《从军行》之类的古诗，展开并不矫健的想象的翅膀，给它描绘出一幅带着浪漫色彩和边塞情调的景象——碧绿的草原、雪白的羊群、茫茫戈壁、漫天飞沙、悠远的驼铃、星星点点的帐篷……后来，看过一张题名《昆仑山上一棵草》的影片，觉得可笑的是，我当初的梦竟和电影中那个地质学校毕业的女孩子差不多，也就自我解嘲地把它称作“李婉丽式的幻想”。

这梦和幻想很快就在眼前的现实中醒了。银川是座处在偏远地区的古城，只有狭窄的土石路面的街巷和低矮狭隘的土坯房屋，城里哪里会有充溢诗意的草原和帐篷呢，郊区则又是江南般的农田、水渠和村庄，戈壁驼铃，最近的也在百里以外呢。然而，海宝塔和承天寺塔秀丽挺拔，亭亭玉立，鼓楼和玉皇阁雕梁画栋，红柱飞檐，几座城门悄然耸峙，静静地安度它们的晚年，也确是古风盎然。我们同来的一位喜爱外国文学的女同学，初见这些前朝遗迹，饶有兴致地称它们为“古罗马的拱门”。

这些古旧建筑，从诞生以来，一直雄踞云空，到我看见它们的时候，虽然已经老态龙钟，依然保持着俯视人间一切的傲然姿态，也难怪，我来时，除了两处新近落成的两层楼的新式建筑外，全城几乎都是前面说到过的土屋。按照一个自治区首府的标准来衡量，银川当时的建设状况和物质条件，大概居于全国省城的末流，这是无需讳言的。我生在农村，长自山家，习惯了单调古朴的生活，固然在大城市住过几年，只是一介穷学生而已。到得银川，有事可做，有土屋可住，有诗书可读，对于简陋的条件也就很感满足。而且，我还深深相信银川有着美丽的明天!我和许多同志就是为着这个目标来的。因此，也就十分安心地在这块陌生的他乡土地上工作和生活起来了。

然而，通向“美丽的明天”的路，却是漫长而不平的，就像当初城内那些坑坑洼洼的土路一样。有多少年啊，我和银川人一起，每天，在这样的路上奔波着，在路面上流下滴滴汗水，一起经受着快乐与痛苦、幸福和艰辛。来此不久，国民经济暂时困难的严峻岁月降临了。我讲完课后，常常饥肠辘辘。这时，校门口那个身穿光板老羊皮袄，头戴白帽的摆摊的回族老汉，就悄悄地递给我几个烤熟了的土豆，它香气扑鼻，充塞我的空腹，也暖着我的心。在乌云弥漫的动乱年头，我被打成“反动学术权威”，一个回族的同志冒着风险暗中保护了我。往后，我也和他们一起痛洒过清明的泪雨，悲听过九月的哀乐，而迎着久久阴霾之后的明媚的阳光，我也将欢乐的泪水融化在全城的喜庆锣鼓声里。这一切一切，把我这个“外来者”和银川紧紧地、紧紧地联结起来，以致到现在，无论怎么也都分不开了。银川，成了我的第二故乡，我的孩子们的“籍贯”；我的第一故乡，扬子江畔的那个多花的村庄，在脑屏上已经退居到了后景。

所以啊，银川的每一点哪怕是细微的发展变化，也会在我的心头漾起温馨而亲切的波纹。记得那是60年代初期，银川的解放大街上，先后耸起了邮电局和百货商店两栋大楼，隔街相峙，颇为巍峨壮观。外地来的旅行者，好奇地欣赏这两只“鸡群之鹤”，并编过一首歌谣：“一条街，两座楼，一个公园两只猴，四路汽车一路走，一个警察看两头。”这并无恶意的调侃戏谑，倒也形象地概括出了银川当时的面貌：小。这歌谣流传到全国不少地方．我到外省，也曾遇到别人念起过它，在我心上唤起的，竟是一片温暖而甜润的乡情，这就是我的银川啊！

许多年过去了，逝去的岁月结起了一条回忆的彩练，那首歌谣也已化为历史的旧痕。作为省城，银川的建设起步虽晚，但近些年来，却在现代化的大道上迅跑。昔日我所憧憬的“美丽的明天”已经是银川今天的现实。

还是说说那些“古罗马的拱门”吧，几座城门已变成繁华大街上的烟云记忆了。现在，西门口喧闹的十字街心，筑有一个梅花形的喷水池，将街道形成转盘。水柱珠帘与交通指挥灯红、黄、绿的变幻相映射而呈现缤纷的色彩。冰肌玉骨的水晶梅花绽放在四壁的高楼群中，车水马龙流过播云洒雾的喷水池旁，谁能想到，这现代化设施的前身，竟是一座摇摇欲坠的土木结构的古老城楼呢！经过修葺，保留下来的几处古式建筑，也都淹没在千百幢新楼的海洋之中。新建的南关清真寺高耸的圆顶，在阳光下闪耀绿色的光辉。这一切，相映相照，构成古今不同时代的鲜明特征，也构成银川古老而又年轻的面容。那过去满城凸凹不平的土马路已全被一条条宽敞平坦的大街所替代。十来路各种领色的公共汽车和其他车辆在上面奔驰。我工作的机关所在的地方，二十多年前，晴天是“扬灰”路，下雨是“水泥”路；而今呢，五华里长的沥青路面光滑平整，电视台、医院、百货商店、剧院、饭店、公寓在街道两旁次第矗立起来。我有一位在中学教语文的朋友，曾带领学生对这条街的历史和现状进行了实地采访，师生合写出了一篇题名《洒满阳光的大道》的散文，这标题是何等的贴切啊！在壮阔恢宏，千楼竞立的新市区，十层的宁夏广播电视大厦和一百五十多米高的电视塔横空出世，高入云表。还有绿荫如盖的高等学府校园，设备精良的贺兰山饭店，漂亮的立体交叉工程……

啊，这就是我的银川，这就是当初那个古旧破烂的小城银川今日的风貌。二十六年前，我，一个年轻的大学毕业生，远迢迢地来到这里，为它美丽的今天贡献了自己的青春。如今，我的女儿也即将大学毕业，成为新一代的青年知识分子，她也将把自己的青春献给银川和整个宁夏的明天。

银川的明天会更美丽的。银川的明天也是属于我的。

[1984年于贺兰山麓]

携诗囊西去:河西走廊行诗话

又是秋天。又是秋天。

我坐在窗前读欧阳修的《秋声赋》，读屠格涅夫关于秋天俄罗斯大自然的那些出色的描写。也许是自己走到了人生之旅的秋天的缘故吧，我更爱吟诵东坡先生的《浣溪沙》："谁道人生无再少，门前流水尚能西。"我的心果然随黄河之水倒流西去，朝着它的上游，流进了另一个时空。

那个"时"早已烟消云散，此刻，待我在记忆里把它凝聚起来，再现出来，已经是两年之后了。

那个"空"呢，仍然躺于遥远的现实之中，苍天之下，是我，将它曳进了记忆——

也是秋天。也是秋天。

我携诗囊沿河西走廊——也是丝绸之路西行，和两位年轻的回族朋友——文艺评论家杨继国、诗人何克俭，去出席一个关于中国西部文学的会议。

此行，我能采撷多少诗呢？

秋天，在中国西部大地上，也许是最美好的季节了。说的当然是金风乍起的初秋，而非"渐霜风凄紧"的辰光。你看，蓝天如海，黄土似金，荒原上也呈现出生机蓬勃的景象。就是干风送燥，觉得口渴一些。我不禁想起了这里的沙原上已经成熟的瓜果，而坐在车上，只能"思瓜止渴"而已。

其实，河西走廊并不荒。“走廊”的正中间，两道闪亮的钢轨和一条黑色公路并肩相携向前延伸。我们乘坐的汽车，就在尚称平整光滑的沥青路上驰骤。公路两边，倒也是绿树婆娑，田畴伸向远处山边，村舍不断，与内地风调无殊，使我联想到曾经车行于四川盆地、关中平原所见到的景观。

我们的车子在武威市稍事憩止。街上的人群也是熙熙攘攘，摩肩接踵，“金张掖，银武威”的民谚中的后三个字果然是名不虚传哪。中国人多，即使在此西部小城，亦可见诸一斑。城内，现代楼房与平房土屋杂然相陈。行人的肌肤，被高原的阳光炙烤得色素深沉，其衣着未入时调，表情亦多质朴，呈凉州古城的风貌。我从杨、何两位回族同胞的生活习俗，在汽车站附近一家清真饭馆吃羊肉面。蓝色的布帘招牌，脏成灰色的白布门帘，光线暗淡的店堂、辣香扑鼻的面条……交织成一种颇为地道的中世纪丝绸之路的情调，就是进入井上靖编剧的电影《敦煌》的镜头也毫无愧色，除去天花板底下吊的那根日光灯管而外。

我们开会的张掖宾馆却算是现代化的了。甬道上铺着红地毯，我们住的房间里，卫生设备、冷热水龙头，彩色电视机，电话……空调之外(这里也用不着空调)，一应俱全。不要说久远，就是20年前，在张掖，敢望这一切之项背吗？那时，如此设施不过是梦里天堂罢了。

而现实中的“人间天上”还是有的，就在张掖之西肃南裕固族自治县境内，名曰：马蹄寺。我们驱车去访问仙境。寺中大石上有一凹陷，宛似马蹄印，传说为天马所踏。天马行空，原来也难逃地心引力的曳引，终于在人间留下蛛丝马迹而去。所谓“人间天上”，并非言蹄印处，而是指庙宇依山崖而建，直迤峰巅，极高处的楼阙，称之为“三十三天”，不就是人间天上吗！我本凡人，又早已过了争强赌胜的年纪了，不欲效嫦娥、飞天之颦。其实，与其作“只缘身在此山中”之叹，倒不如坐地观天，抬头欣赏傍山而上的天宫建筑，“三十三天”巍峨壮丽的外观尽在眼中。因之，我吟道：“我无仙缘登三十三天/只好仰视金碧辉煌的天宫/徒羡游伴白日飞升/但他们终于跌落地面/我想起杜甫先生的诗:/‘此曲只应天上有/人间哪得几回闻’。”(《游肃南裕固族自治县马蹄寺》)

我的两位同伴，归齐和我一起班师回张掖宾馆去了。

“金张掖”确是好地方，城内绿杨扶疏，水木万家，四郊黍浪翻风，瓜果累累。名胜还有木塔、大佛寺、黑水国遗址之属，导游册俱在，不用赘述了。同行的会议主持人，本地籍季成家教授引昔人吟张掖的诗云：“不看祁连山上雪，错将张掖作江南。”哪里有那么多“塞上江南”，银川也是。那么，我是从“塞上江南”到“塞上江南”了。然平心而论，银川较张掖差胜。

我们在张掖宾馆会议室里坐而论道，畅谈西部文学，杨、何二位在会上介绍了回族文学。我于会议间隙调寄《八声甘州》一阕，以志张掖之旅。张掖，唐为甘州，《八声甘州》，唐之边塞曲，即于此地制，“八声”，言全词共八韵也。今录拙词之上片，“踏金风初到玉门关，几处见新州？看祁连积雪，沙原瓜熟，楼阁甘州。驰骋丝绸古道，翻作少年游。梦里无蝴蝶，也效庄周。”

一调吟罢，未效庄周，我却和与会者效蝴蝶翩然西飞了。

在丝绸古道上，酒泉，更是一个充满神奇和富于魅力的西部之城。单是它的名字，就流溢着醇馥的酒香和浓郁的诗味。市因泉名。酒泉，就在城的东关外约500米处，形如巨杯，泉水澄碧清冽似酒。相传霍去病征匈奴得胜，汉武帝赐御酒一坛，酒少人多，霍倾酒于此泉中，取泉水与将士共饮，泉因此得名。

谁知汉朝青年将军痛饮沙场的浪漫故事，竟引出了唐代诗人王翰的一首传诵千古的《凉州词》："葡萄美酒夜光杯，欲饮琵琶马上催。醉卧沙场君莫笑，古来征战几人回？"

夜光杯是酒泉名产，采当地玉石琢成。我未考是先有这种杯尔后王翰吟唱呢，还是杯以诗得名而传？揣测大抵后者成分居多吧。商店中陈列的夜光杯，颜色或墨或青或紫，并无多少光泽，且价格昂贵惊人，不敢问津。于是，只好买一瓶酒，带回客舍，倒在茶杯里，太平年代无沙场，做《醉卧酒泉》之梦去了："王翰在这里/留下巨大的夜光杯，/我临杯索饮/却并未沉醉//也许，流光千年/酒已散尽了醇美/也许，夜光杯还没诞生/那位年轻的将军/早就把酒稀释成水//我惆怅：不能/将这只巨杯带走/商店里最小的/三十五元一对//于是，我回到宾馆/斟葡萄酒于茶杯/酣卧席梦思上/去和唐代将士碰杯//酒泉无酒我有酒/阳关有杯我无杯。"

嘉峪关的名气要多大就有多大，它蜚声青史，远播寰球，根本不需我来喋喋不休了。它在酒泉以西大约20多公里处，中间还隔着一座嘉峪关市。丝绸之路上现代化标志之一的酒泉钢铁厂，就在距酒泉约摸十数公里处的该市市内。我们到酒泉的当天下午，顾不得风尘劳顿，车马辛苦，便赶往嘉峪关参观。往昔只能于照片、荧屏或银幕上一见的雄关，此日居然亲身登临了。嘉峪关虽系长城终点，却肇建于较晚的1372年，距今不过600多个春秋。汉唐之时，有长城而无此关，并未妨碍国力的强盛，且有助于东西交流，明季建此城，闭关锁国，亦未见如何雄强有力。我临关面对历史而生此感，并系之于诗："在丝绸古道上/也许，你是多事的路障/锁住西去的春风/锁住东来的驼铃……//幸而/你也是一个休止符/那山峦起伏的乐曲/到此戛然而止/于是，才有春天/才有友谊之途//你也是一个句号/将历史断然圈住/于是，此日关内外的游人/才能用融洽的语言/对你欣赏评注”（《嘉峪关印象》）。

嘉峪关虽然还在河西走廊中，但已完全消失了绿树田园的塞上江南景象。我们登关时近黄昏，只见天地寥廓，戈壁沉沉，孤城落日，分外雄浑苍凉。在返回酒泉的途中，夕阳如醉，苍茫大地披上红袍。眼前沉雄的景色引发了我的幻觉：“紫色帷幕降落了/一队武士从远古驰来/马背上是银/铠甲上是金”；“黄昏，在丝绸之路上/黑色路面铺起红绸：/欢迎我——/历史的客人/在红地毯上随意行走”（《黄昏，在丝绸之路上》）。幻觉中夹有实感，仿佛我们一行就是从远古驰来的武士，汽车呢，也就是武士胯下的铁骑了。

敦煌立在河西走廊的尽头，也是我们此次西行的终点。但在丝绸之路上，它却是一个中继站，又是南北丝路分道扬镳的起点。整个敦煌城几乎在塔克拉玛干沙漠和戈壁的包围之中。由于党水北流，横贯全城，给城垣染上一片秀丽的绿色，宛似硕大无朋的金盘中间托着一块小小的祖母绿宝石。我们午后到达时，初秋的阳光特别强烈明亮，城内干燥炎热，气温高达30多摄氏度。

敦煌向世界夸示的，自然首推莫高窟，鸣沙山、月牙泉次之，此外还有较远的玉门关、阳关遗址。近年，新添了一“景”——影片《敦煌》的布景城，被保留下来供人参观，它筑于敦煌西郊的戈壁滩上，占地数万平方米，是古敦煌城的想象中的模型和袖珍本，但毕竟是赝品，观之不甚惬意。

鸣沙山和月牙泉我们是夜游的。是时，暑气全消，清风吹拂，月色朦胧，夜景之幽美使人难忘。鸣沙山突兀400余米，沙软难爬，幸得杨继国、何克俭相助，我才攀上山顶。虽气喘吁吁，却也有登临之快。倘于阳光下由山上滑沙而下，则沙内因受摩擦发出嗡嗡响声，是以名“鸣沙山”，其物理机制与宁夏中卫县沙坡头同。鸣沙山南麓为月牙泉，一泓清水，被环于沙中，终年不涸，不为沙淹没，亦奇观也。因得一诗《夜访敦煌月牙泉》：“一弯金月/一弯绿月//金月躺在绿月怀里/绿月浮在金色海上//我坐在金海的浪尖/我披着幽蓝的大氅//心儿在金月绿月间荡漾/遐思沿飞天的飘带远翔”。

飞天翔舞的莫高窟现存洞窟492个，壁画45000平方米，彩塑2400余身，为中国第一大石窟。开凿年代起自北魏，下迄元朝，绵延800余年，始有今日之规模。唯保护工作维艰，故许多洞窟，一般不对外开放。敦煌市市长是季成家教授的高足，我们因得便利参观了若干平素不开放的洞窟，饱览艺术的珍奇。然门外如我，虽得美感享受，却难窥其奥秘和价值。只是不知如此敦煌的艺术宝库，何以建在这四周沙漠之中；看到15.6米长的释迦牟尼涅槃卧像，我的心中也陡然升起一阵悲凉。这些疑问和惆怅，融在我的一首题名《莫高窟一瞥》的小诗中：“从佛国撷来极乐世界/为何封闭在鸿蒙混沌里/这一片精湛的美/竟被红尘悄悄遗弃/佛门弟子，芸芸众生/有几人能渡过瀚海到达圣地//人类难走出小小地球/飞天飞不出千里戈壁/艺术的精灵/也许与孤独同义/我佛在莫高窟中涅槃/演了一出深沉的悲剧”。

携着诗囊西行，到此就勒马回缰了。千里河西，来去匆匆，浮生十日，浪游为快。而诗囊犹瘪，所采新诗旧句，不过十首而已。因补写此文，以实诗囊，权作为河西走廊行的诗话吧。不知我的两位西行同伴和读者朋友以为然否？

[1989年8月西行，1991年7月11日追记于银川湖滨]

绿之惑

我喜爱绿色。

大千世界，虹霓万千，色彩缤纷，我最喜爱的是绿色。

绿色，是生命的标志，青春的象征，春天的印记。

犹记髫龄，我拜过一个干爹，在举行仪式前，他要给我做一身衣裳，我选的就是绿色。

少时，我住在家中水井边的一间小屋里，窗外的院墙上爬满了藤蔓，春夏秋三季都是浓绿浓绿的。它映绿了我的小小的房间，浸绿了我少年梦幻般的岁月，染绿了我心灵中文学的幼芽。于是，我读朱自清的散文《绿》，不忍释手，我诵“记得绿罗裙，处处怜芳草”的词，常吟不辍。

后来呢？后来我就写起来了，笔尖下流泻出一道连续不断的绿色山泉：《绿色的星》《绿》《绿色日记》《绿云》《绿色的母亲》《旅顺，绿色的云》……

我生自江南，却久客于西北黄土高原之上。江南的绿，绿在我的梦中，绿在我的云烟记忆里，塞北的绿，是我心底的渴望，眼前的瑰宝。这里，一年有好几个月几乎见不到自然界的绿色，这更增浓了我对绿色的怀想和追求。内子解我心意，便于案头窗前养起盆花，在室内酿造几星春天的色泽，给我干渴的心田稍许慰藉。

漫长的冬天尚未过去，一位年轻的朋友来看我，他穿一身草绿色的戎装，比我家窗台上花叶的色彩浓多了，也大多了，照得满室生辉，我的眼前洋溢着一片春色。这与他青春的年华、生命的活力也很谐调，仿佛他生来就该着这身服装。临别时，我陪他走到寓所北边的城外，目送他远去。我看见，在冬末灰黄色的旷野中立起了一棵醒目的绿树。倘使他走进同伴的队列，在这原野上行进，那就是一行行挺拔的白杨。他们隔断飞沙，挡住寒流，给人们以蓝天、白云、晴日，宁静、温馨……所以，文学大师茅盾先生在当年那严寒的冬季里才那样热情地讴歌白杨，留下不朽的名篇。

我伫立于寒风之中，望灰蒙蒙的天边，朋友逐渐消失的绿色身影，曳引着我的遐思从《白杨礼赞》中逸脱出来，一直向北，飞落在茫茫瀚海包围中的一个小小绿色之“岛”上——那是西北部边境的一个哨所。十四年前，我有幸驱车穿过大漠去那里访问。亲眼看见，来自天南地北的戍边战士，硬是在寸草不生的地方，用双手盖起了一排排整齐的红砖营房，用汗水和地泉浇活了一行行绿树，一畦畦菜地，给辽阔的荒漠镶嵌了一块绿宝石。这是多么珍贵的绿啊！其中颜色最鲜的，还是战士身上草绿的军装，而最奇妙的，则是在本该挺立着笔直的白杨的营房四周，却站着婀娜多姿的江南垂柳。原来，指导员是江苏人，探亲时带回柳树之苗。让它植根荒漠，和自己一起守卫边疆。那时他二十八九岁，在这终年人迹罕见的边陲上已经生活和战斗了十多年了。丝丝绿柳，系着战士江南的情，塞北的心。

流光是无羁的马，在尘海里，我又送走了一长串的年月。而今，当年的指导员，或者早已解甲归田，或者已升迁为将军了。战士当然也已风流云散，各自卸却草绿色戎装，又回到天南地北，在改革的浪尖上去弄潮了。他们创造的

“小岛”上的绿色该扩大了吧，那一行垂柳也该更加茁壮。现在，这绿色的“岛”、草绿色的戎装，是属于更年轻的战士了。一茬茬的战士，创造了绿色，也保卫了绿色，保卫绿色就是保卫和平和安宁。

我难以在满地冰霜的郊野久待，只好回到住处。但思绪是自由的，它不畏寒冷，不受时空阈限，不为房屋禁锢，继续在已经逝去的时光之河中漫游，于是，便游到十一年前的南国去了。那也是冬天，但南海畔的阳光是明媚的，气候是温暖的。是时，特区初辟，深圳刚飞，联检大楼尚未兴建，我们从火车站可以一直走向罗湖桥前。在境外的行人、车辆和桥的那一头外国旗的映衬下，我突出地感觉到桥头上飘扬的五星红旗分外的红，旗下肃立的战士草绿色的军装分外的绿，比我住的宾馆门前那块草坪的颜色更绿，我们的祖国，就用她鲜绿的笑容迎接海外归来的骨肉同胞、异国来访的朋友客人，用她深绿的防护剂阻挡虫豸的潜侵。那国门的哨位上战士身上的草绿色，至今还在我的记忆里，也在我的眼前闪耀着，荡漾着。

七年前，我又一次置身于草绿色的世界里。应解放军总政文化部之邀，我到迄今还怀念不已的黄海之滨的名城大连和黄海中遥远的岛屿上去作客。

旅顺(大连市的一个区)多树，时值8月，在初秋灿烂的阳光下，整个城镇宛如一柄撑开了的巨大的绿伞。我就寄迹于绿伞的最深处——部队的一家招待所里。住在绿色城中的绿色招待所中，草绿色戎装严整的宣传科周副科长整天陪同我在绿色的山峦和绿色园林参观游览，我充分地享受着绿色的甜美。

不意这一切一夜之间全都颠倒了：我在旅顺遇到了数十

年来未有的特大台风。狂飙怒号，暴雨如注，树被连根拔起，草遭无情蹂躏，整个城镇在战栗，天空和大地呈铅灰色和淡黑色，仿佛到了世界末日。

旅顺的绿到哪里去了呢，还有吗？有！绿色就在我的身边，我的周围——一队队战士顶风冒雨出发去救灾了。他们的草绿军装，在黯淡无色的街道上格外鲜明夺目，他们铸成一道绿色的“长城”，一条绿色的“林带”，去抵御风灾，护卫人民。多少倒塌的房屋靠他们而得以修整，几多无助的家庭因他们而受到庇安。绿色，生命的标志啊！

而待风灾过去以后，这绿色的“长城”，绿色的“林带”，又悄然隐没在旅顺全城的浓绿之中，织进黄海岸上绿色的云锦。

而我，却漂流到黄海中最远的岛屿上去了。这里，岛是绿的，山是绿的，满山遍野的松树和刺槐也是绿的，极目所见，到处是一片我心爱的绿色。在绿荫深处，我访问过渔民的家，为他们已获的温饱和他们一起感受由衷的喜悦，在绿树掩蔽下，我憩息于滨海的高山哨所，与战士们一道迎接蔚为壮观的黄海日出。初阳照在哨所旁盛开的紫红色木槿花上，照在战士的身上，一样的绿色身躯，一样的紫红脸膛，似乎花树与人合而为一了：木槿花就是战士，战士就是木槿花。我就沉浸在这绿色的诗氛里。

我还和守岛13载的四川籍军人王选聪干事攀了半个乡亲——内子就是巴山蜀水的女儿嘛——我为和他相识而高兴，也为他长期孤悬海天的生活而感动。别前以一首七绝相赠：“回望家山路几千，风吹海戍十三年。乍逢乍别天涯客，碧海轻云友谊篇。”

“回望家山”何独是经岁不归的王选聪哪，连我这个短期出访，离家匝月的人也有这种情绪。中宵不寐，看哨所窗外的星天，不禁念及，远在西北的内子已经睡熟了吗？其实，她少女的青春也是草绿色的，是属于作家魏巍笔下的"最可爱的人"的行列中的一员。谁能想到蜀中女士、当代木兰和江南游子，文弱书生竟会结成终身伴侣呢。她也曾是一株绿树，而今，当然早已脱却戎装，但在我的眼中，她仍然是一棵绿树，和我并立于大西北的风沙线上，已经多少度春秋了。

至于我，此生却憾无穿草绿色戎装的幸运与机缘。幼时干爹给我做的那身衣服既非军衣，也非草绿，颜色却近于邮政工作人员的制服。故我有诗赠内子云："荆钗虽老堪为伴，戎马无缘未觅侯。"这倒是不折不扣的纪实文学。

思绪固然无拘无束，但总有勒马收缰的时候，我终于从海岛上回到现实中来了。眼前依然是西北的冬天，花儿未开，草儿未绿。但此时我的心中，却正涨满草绿色的大潮。若干年来，我频频走进这草绿色的大潮，走进草绿色的诗和画——在天涯，在海角，在边陲，在戈壁……

其实，我的大半生，不都是在草绿色的引力场之中吗！

是为《绿之惑》。

［1992年4月4日晨于银川湖滨］

蔚蓝的爱琴海之旅

（四篇）

平生最长的一夜

中国国际航空公司波音747客机在离地面一万米的高空平稳地飞行，时值1992年4月29日，舷窗外是漆黑的夜。傍晚，于北京起飞时天正下雨，而此刻却繁星满天。盖飞机在云层之上，不受阴雨气象影响，再说已飞临中亚地区，离北京很远了，即便在低空，也未必有雨吧。荧屏上显示外面的气温为摄氏零下50度，而机舱内却是一个明亮而温暖的世界，和空间的黑暗寒冷形成鲜明的反差。

400个席位并未坐满。机上的旅客350人左右、国人与洋人约各占一半：前者一般比较年轻，大抵为经贸工作者、留学生和出国接受短期技术培训者，后者年事较高的居多，看来大半为来东方旅游的归客。在中国旅客中，我们出访希腊的中国作家代表团成员可谓高龄矣：团长徐迟先生78岁，我年届耳顺，中国作家协会外联部金坚范主任和黑龙江作家贾宏图先生分别为“知天命”与“不惑”，只有译员龚洁女士尚在妙龄，未满而立之年。

我靠在椅背上闭目而憩。忽然想到正寄身于茫茫天空中一只大鸟腹腔似的飞机客舱内，无依无凭，御风而行，一阵孤寂之感不禁袭来。其实并未脱离地球的封闭体系，仍在大气层内，倘若乘坐宇宙飞船漂浮于外层空间，又该是如何感觉呢？

我们的座机固为密封舱，但低沉而单调的机器声仍不绝于耳，足以驱散脑际的奇想，催我沉沉睡去。一觉醒来，飞机正开始在阿拉伯联合酋长国沙加机场降落。是时，为北京时间清晨6时，朝日该已喷薄而出，而这里还是大夜弥天，刚刚凌晨1时。我们逆地球自转方向西行，可以说是追逐黑夜飞翔了。

在沙加机场停一小时，旅客均下机至机场大厅休息。厅中的免税商店倒也琳琅满目。听说这里的金首饰很便宜，但于此兴趣索然，加之时间紧迫，言语不通，便未问津。只摄小影数帧，作为“到此一游”的印证。

返回飞机时，只见入口处站男女警察各一，分别对鱼贯而行的男女旅客搜身。而北京机场对出入境的旅客却宽松简便得多，验过护照便放行，如乘火车剪票一样，旅客和行李也只需经过例行的安全门，并不搜身和打开箱笼检查。此间如此严格，目的是检查旅客有无携带武器，盖为防止恐怖行动之措施也。素讲隐私权的一些欧美人士，为自身的安全计，也都无言接受了搜身的现实。

当地时间凌晨2时，由沙加机场继续西飞，到瑞士苏黎世还有5500公里航程，需不间断地飞行6小时。待我再从睡梦中醒来时，便看到了空中日出的奇景，上面是灰蓝的穹苍，下面是棉絮般的云海，两者之间，是一道整齐的光带，宛似土星周围的光环，又如扎在地球腰间的金带子，隐藏在光带中间的圆日，便是金带上的环扣。能见到刹那间此等奇观，也算不枉一夜辛苦了。

瑞士时间早晨8时，飞机在苏黎世机场降落。云外虽然阳光灿烂，地面却阴霾满天。现在，北京已是下午2时，而苏黎世则刚刚醒来。

我终于在飞机上度过了平生最长的一个黑夜，16个小时。

留在雅典的屐痕

仿佛为了补偿在飞机上漫长的夜晚和在苏黎世候机时那个阴沉的上午所受到的困乏和郁闷，4月30日下午，在海伦尼康机场一走下载有120位乘客的麦道飞机，雅典便用明媚的春光，澄碧的海水拥抱了我们。

在机场，首先见到的是中国驻希腊大使馆杨广胜参赞和张维尧文化专员。去国虽只一天一夜，但处在外国人的汪洋大海之中，我们5个人犹如小小的孤岛。目下在巴尔干半岛南端突然遇到了自己的同胞，真似"他乡遇故知"般的温暖亲切，虽然我们与他们二位也是素昧平生。原来张先生就是报告文学《无极之路》中那位怯于回乡的老专家的长公子，他的夫人李鹿女士是著名的回族音乐指挥家李德伦先生的女儿。她本人也是提琴家，曾应邀到银川演出过，可谓系出名门，家学渊源了。徐迟和李德伦是多年老友，我和张、李夫妇也有一种文字与地域的因缘。不想结识于这天涯海角的异国他邦，真是人生何处不相逢了。

然而，我的"孤岛之感"却是心灵的误区。跟在两位同胞后面出现的是专来迎接我们的三位外国女士——希腊全国文学家联合会(以下简称联合会)秘书长约兰达夫人，评论家玛丽·凯蒂和诗人玛露。主人待客的满腔热情很快消融了我心中的“孤岛”。

我们被安排在奥林匹克宫饭店下榻。这是一幢8层的大厦，位于雅典市中心的老城帕拉卡区。一、二层分别为接待处和餐厅，三层以上才是客房。我们在七楼住进了“装陌生人的箱子”，据说这是希腊语“旅馆”一词直译的意思，词虽似不敬，但对所有旅客一律，也就无所谓侮慢，反而给人以幽默形象的感觉。店名“奥林匹克”，也具有“彼时此地”的特征。我站在这“箱子”的阳台上，居高俯瞰车水马龙的雅典街景，仿佛超然物外，真的跻身于奥林匹斯诸神之列，飘然欲仙了。

雅典，本来就是神话和诗构筑起来的世界。

她依山濒海，卧在一片低矮而稍有起伏的丘陵地上。金子般的阳光、蔚蓝的爱琴海和终年晴朗的天空、约占地1/5的绿色林荫、大片大片的白色建筑，构成了城市的基本色调，明快怡人。希腊人向世界夸耀他们有三件宝：阳光，海水，大理石，上述四种颜色倒是一条颇为贴切的注脚。自然，雅典在基本色调之外，还有着缤纷的虹彩。

雅典的魅力更在于她拥有众多的古迹。卫城遗址即为其一。它建在一个小山丘上，是2500年前雅典城邦全盛时期的中心城堡，现以铁栅栏圈住。我们去参观过两次。它的顶端帕特隆庙，为祭祀主神宙斯的女儿雅典娜而设，庙为长方形建筑，全由白色大理石砌成，四周用48根巨型圆柱支撑，异常坚固，可以使用一万年。当时能有这样伟大的建筑，不能不令人叹服。1687年，威尼斯人的大炮击中了土耳其人堆放在庙里的炸药，不幸使神庙毁于炮火。1936年重修，仅复原了神庙的外观。

卫城南侧的山下，有同一时期的露天剧场遗址，呈圆形的阶梯石座，与现代的体育场相似。据说当时共有6257个观众席位，现在大体形态还在。每逢一月勒奈亚节和三月酒神节，雅典的民间艺术家依然按传统风习在这里演出。我们来时，两节已过，憾未得躬逢其盛。

我站在卫城上北望，只见绿树丛中露出一些古式建筑和几个长廊，那是古希腊的市场，也是当年进行政治、文化和娱乐活动的场所。一阵风从我面前掠过，树叶飒飒作声，在冥想与幻觉之中，宛似听见古代哲人苏格拉底在那里向他的门徒和听众讲学呢。

我发现卫城周近，有一处“乱石崩云”，询问后才知，乃雅典城邦时代的法庭，法官和陪审员就坐在石上断案。传说某次对一案的辩论，双方人数相等，争持不下，雅典娜女神仪态万方地走过来，在一方加投一票，一锤定音。这就是。后世民主制奇数表决方式的诞生。

雅典娜是古希腊人十分崇拜的圣洁之神。她和手持三尖叉、驾金鬃铜蹄马车的海神波塞冬相争，因出示橄榄枝象征和平而受到众神的拥护，遂为雅典城邦的守护神，同时也是和平女神和智慧女神。1984年，欧洲和平运动国际会议就是根据雅典娜的故事命名雅典为“和平城”的。无怪乎古代雅典人用那么华美的帕特隆庙来奉祀她。连雅典南80公里处苏纽地区的波塞冬海神庙，后来也改祀雅典娜了。海神庙我们也去游览过，它立于海滨，不过仅存由几根梁柱构成的框架了。

其实波塞冬的名字与马的联系倒多于海，相传他是马的创造者和驭马术的传授者，古希腊人往往举行赛马活动来纪念他。雅典的国家青铜器考古博物馆中，有一尊裸立的波塞冬全身铸像，制于公元前460年。肌肉突起，线条明晰，两臂分别平伸和稍稍屈伸，一足微踮，双目有神，胡须有飘动感。徐迟先生在像前伫立良久，为其工艺之精湛击节赞赏不已。该馆还有公元前16世纪至公元前13世纪的青铜镜与其他青铜器物。和我国殷商青铜时代相伯仲。但陈列柜中公元前2000年的金叶子与公元前1500年的金首饰，却明显地早于我国的发现。

在环岛博物馆中，我们看到了大量的公元前3000年的石雕，线条虽粗放，人像却是很清楚的。环岛文化是指克里特岛和伯罗奔尼撒半岛之间一群岛屿上的文化现象，它受埃及文化和克里特文化的影响而早于雅典文明。像这种距今已5000年的大量而完整的石雕艺术品，除古埃及外，它处似还少遗存。拜占庭博物馆保存的多是反映该帝国时期的宗教画，观之不甚惬意。

宙斯大庙也非常壮观，为希腊第三大庙。它始建于公元前6世纪的雅典城邦时代，历时700余年，最后由罗马安敦尼王朝的哈德良皇帝于2世纪建成，故兼有希腊和罗马两种建筑风格：庙身有希腊式廊柱，庙前立罗马式拱门。

和谐广场是雅典新城的中心。周围立9根光柱，每一柱下供奉一位女神，我揣测可能是缪斯，因为希腊神话中，缪斯就为9位。希腊有不少廊柱式古建筑，就以精美的女神雕像为柱。

市内还有现代第一届奥林匹克运动会的场地，也是圆形的石阶座位。1896年，13个国家280多名体育健儿云集于此纵情驰骋。首届奥运会是法国体育家彼得·古柏丁倡议举行的。他的名字应当录在青史，不被湮没。至于开创于公元前776年的古代奥林匹克运动会，举行的地方是远在希腊西南部爱奥尼亚海滨的奥林匹亚村，我们憾无机缘亲睹其遗址了。

以上两处，大概只能说是近代的仿古建筑了。

史诗般的辉煌，只是雅典多棱镜上的一个侧影，她的另一个剖面，则是典型的现代风格的油画。展示在我面前的她，是一个充分现代化了的大都市。

雅典拥有400万人口，我国出版的世界地理书记载该市80万人，资料已陈旧，指的大约仅是老城即我们寄寓的帕拉卡区居民数。老城街道密如蛛网，房屋大都有意保持本世纪初叶的建筑形态，色泽以奶黄、浅灰居多，高度一般三四层，富于希腊民族格调，宜使人发思古之幽情，外国游客每寄踪于此。因之，多工艺品商店，我们的饭店左右皆是也。新城则街道宽阔，汽车飞梭，富人区、政府区均集中于此。中国大使馆和大使官邸，就设在这里的一条幽静美丽的林荫夹道上。在商业区，伏克莱修大街上高档商店林立，位于帕迪逊大街的廊柱式结构的城市电话中心，辐射出一条条看不见的神经，与小小寰球各处紧密相连……

此间并无纽约、香港、北京、深圳那样密集的高层建筑，楼房大体上都在10层以内，外表颜色趋淡。位于宪法广场，气势宏壮的淡红色墙壁的国民议会大厦，也不过三层而已。新式住宅楼四周似乎都环绕阳台。登上本城最高点、海拔150多米的利嘎多维斯山，鸟瞰全城：白天，仙山琼阁，华严世界，蔚为壮观；夜晚，灯海繁华，灿若星天的倒影。我们也曾于夜间驱车登临，恍如置身天上。

市内的汽车，据我目测，数量多于北京，尤以小轿车为多，在街道上只能缓缓驾驶，如甲虫爬行，已酿成废气和噪音的严重公害。我住的房间一面临街，汽车声彻夜不绝，至扰清睡。市政当局采取了若干限制措施，例如，不准私家车进入市中心某些地区，分单双日发给通行证等。5月6日，我们从德尔菲返回雅典时，希腊作家莱维底斯的汽车就因无双日通行证而不能进城，车中的金坚范、贾宏图二兄只好下车另乘的士返回饭店。市内亦有公共汽车、电车和地铁，乘客不甚拥挤。间或有摩托车呼啸而过，但绝无自行车的芳踪，一辆也没有。张维尧先生笑谓我们曰："你把自行车撂在街上也没人偷。"可见希腊人生活水准之一斑。

据希腊朋友和中国大使馆同志介绍，希腊人均岁收入在七八千美元至一万美元之间，居世界第21位，在欧洲共同体诸国中收入偏低，却是巴尔干半岛上的富翁。在自备汽车之外，住房宽敞和出国旅游也是他们生活水准的重要标志。联合会副主席维特萨科希斯先生就拥有一栋花园楼房，约兰达夫人也占据一幢公寓中的一层，不少作家还有乡间别墅。出国旅游和度假在希腊人是平常的事。我们访问时，复活节刚过，高速公路上不时驰过从国外度假归来者的汽车。

希腊人假期颇多，生活节奏不很紧张。据此间报纸云，该国大学生每年的假期长达180余天，为世界所仅见。职工每周5日工作制更是不在话下了。大商店每天下午2时至6时停业午休，我和宏图兄上街购物便尝过闭门羹，但夜生活时间却长。商店夜间歇业后亦不熄灯，因之，街上通宵灯光明亮。

我们在雅典前后逗留一周，屐痕虽着，印迹犹浅，而观感良佳。异国情调给了我诗绪，热诚的主人给了我客居中的温暖，然言语的难通却不免使我滋生出落寞岑寂的情绪。

德尔菲来去

5月3日，我们从雅典出发到德尔菲去。

德尔菲在雅典西北200余公里处，地处品都斯山脉南端的巴那赛斯山区，也临爱琴海的科林斯湾。

是日，天色阴沉，为此间罕有。早餐后，维特萨科希斯夫妇，玛丽·凯蒂和她的丈夫、诗人克里斯多斯开车来接我们。汽车纵穿全城之后上了高速公路，郊野的景色便扑面而来，公路两边的麦田生机葱茏，其间夹以零星的农舍和小村，好似绿绸上绣出的白色花朵。田野里只有很少的农人在操作，喷灌机漫天洒雨，呈现出一派现代化农业的景象。

车子进入山区后，满目都是深绿的橄榄林，在鲜绿的山野背景上凸现出来，使绿色分了层次。橄榄为希腊主要农林产品，驰名全球，犹如中国之茶。所以，备受崇敬的雅典娜手持橄榄枝也就具有了生存的背景和象征的意义。

山道已不再是高速公路，地势也愈来愈高，有些山头还留有残雪。雨落下来，汽车前窗的刮雨器开始工作。玛丽·凯蒂沉稳地驾驶汽车，至一处，她指前面的山向我介绍："这是缪斯山，海拔有1500米高呢。"我追求缪斯小姐已40余年，今有幸路过女神的仙山洞府，也算是缘分了。惜乎因天气关系而未停车，山亦雄峻，无秀丽之容。也许在古希腊人梦中，9位女神仙姿婀娜，翩然飘出此山驭云而行吧。那是多美的情景啊！

忽然汽车戛然而止，原来已经到了我们将投宿的"欧洲文化中心"门前。

"中心"坐落于公路边一平缓山坡上，为欧洲共同体所建，用以接待有关文化的国际会议和各国知名文化人。会议厅并不大，但备有10种语言的意译风(同声翻译设备)。"中心"附设的旅馆为二层建筑，宽广而低矮，古朴典雅，有山间别墅风。说是"旅馆"，食宿却一律免费，唯对寄寓者资格要求颇严。我们因为是中国作家代表团，故得以羁旅其间。

德尔菲是古希腊的名城，据传说两千六七百年前为南方克里特岛海员所建。现在似无同名的行政建制，也没有城池中心，只有一些小镇、村落、居民点、庙宇，分布在广漠的山海之间，共有两三万人口。它是希腊中部的文化遗迹的一个集萃之处。

著名的阿波罗神庙就在这里。古代希腊人认为自己的国家就是地球的中心，便在这里大地的肚脐上营造了这座神庙。庙中原有肚脐石，即脐眼所在，今石已移至德尔菲博物馆中。馆内还有一座青铜战车御者铸像，制造年代与精美程度和雅典的海神青铜铸像相仿。阿波罗神庙顶上原刻有两句古希腊格言："认识你自己"和"勿过度"，按汉语对应，亦可译作"人贵有自知之明"和"过犹不及"。而今我们来访时，神庙只剩下了6根巨型大理石圆柱，我在柱前留下一帧小影和两行屐痕而去。

由阿波罗神庙上行，是一座保存得相当完整的古代露天剧场，再上，还有一个古代运动场。这里记录着中希文化交流的一段动人佳话，1986年6月，我国知名学者罗念生先生应邀出席于"欧洲文化中心"举行的第二届国际古希腊戏剧研讨会，6月16日，我国中央戏剧学院师生在上述德尔菲古代露天剧场演出了古希腊悲剧诗人索福克勒斯的名作《俄狄浦斯王》，6月19日，又在雅典俄得翁剧场上演，两处都取得轰动性效果。他们来此的契机是：同年3月在北京上演《俄》剧，希腊驻华大使和文化参赞观看后十分欣赏，认为是"外国人演此剧演得最好的"，因以"欧洲文化中心"的名义，邀请该剧组在开研讨会的同时访希演出。

我们在德尔菲期间，参观了阿斯罗卡和先知依利奥斯两座闻名遐迩的修道院。前者已有1000年历史，为现存的欧洲最古老的修道院之一。教堂内燃有神灯，火是从耶路撒冷引来的，类似我国佛寺中的长明灯。院内还有“马赛克”，即用碎石嵌成的画，颇传神。后者建于12世纪，亦已800年了；这里是1821年希腊人民反对土耳其侵略的揭竿起义处。院内原有教堂已毁，1830年重建。修女不允被拍照，我和宏图兄刚举起照相机对准修女，即被制止，然“咔嚓”之间已将修女形象关进了黑匣子。我们连忙道歉，院方倒也没有要求将底片曝光。

科林斯湾在德尔菲南端，滨海的村镇港湾风光秀美，足资流连。我们用两个下午游览了伊丹亚港、克里索村和哈拉克赛蒂镇，坐在伊港和哈镇的露天酒吧里品尝苦涩的希腊咖啡。北望远处山腰的房舍在夕阳中辉耀着，面前的海水平静无波，像平放着一面硕大的镜子，也许是晴朗的天空投影其上吧，将镜面染成了蓝色；海滨的房屋如儿童积木般立在阳光下，小镇和村庄整洁而安谧，飘着各色国旗的游艇憩息在港湾的怀抱里。整个环境明丽、宁静、和谐，宛似明信片上的彩色风景画。住在这梦寐般遥远的蓝色爱琴海畔的人们有福了。

我们在此还凭吊了一位诗人的故居，它在一个向阳的山坡上，景美室雅，我们在屋前摄了若干张照片。由于言语隔阂，我始终没有弄清诗人的名字，他的美国夫人伊娃的轶事倒值得一书。她酷爱戏剧，婚后随诗人卜居于此，迷恋当地自然风光和艺术传统，穿古代服装，用木机织布，不再离开此地。她担任过两次古希腊戏剧大型演出的主角，博得很高赞誉。可惜后来竟与诗人离异。她逝世于20世纪50年代。我们去附近公墓看了她的长眠之地，不过那已是和后夫的合冢了。

德尔菲的景点和胜迹多不胜数，美不胜收，然流光不肯驻足，因未得一一临之。“欧洲文化中心”拟重建德尔菲城，并已印制了蓝图，纸上古城，巍峨壮观，殷勤的主人购赠我们每人一份，以飨我们游踪所未达者。3日小游，匆匆来去，我们又在少见的滂沱大雨中驱车返雅典了。

温馨的记忆

“我少年时期就做着一个关于爱琴海的梦，如今，我的梦实现了。”这诗一般的语言，是徐迟先生在中国作家代表团接受雅典电视台采访时说的话。我自愧弗如前辈诗人的激情，在摄像机前只能平直地表述：“我幼时就熟悉希腊神话，它与荷马史诗是我在大学读书时外国文学课程的开篇。后来，我在自己的作品中，多次引用了普罗米修斯、阿波罗、缪斯的名字和故事……”

徐老和我，状的都是实情。

1942年，28岁的徐迟翻译并出版了荷马史诗《伊利亚特》的部分章节，迄今整50年。此次，78岁的徐老，寻梦来到希腊，将这未完成的国内唯一诗式译本(另有散文式译本)的孤本亲手赠给雅典图书馆，并计划回国后译完全诗。中希两国文学、两国作家的心原是相通的。

中国和希腊各自的文化传统都渊远而流长，交流岂止自今日始。据罗念生的研究，公元前7世纪左右及稍后，希腊商人阿里忒阿斯和马厄斯先后到过中国，汉朝张掖郡住有希腊移民。敦煌莫高窟和大同云冈石窟的一些佛像浮雕，分别具有希腊犍陀罗式和斯巴达墓碑坐像的风格，当非偶然巧合，应看作两国通过丝绸之路进行文化交流的佐证。古希腊人就称中国为东方的丝国。

往事云烟，已幽远难寻，当代两国文学艺术交流却印迹鲜明。除徐迟译诗、中央戏剧学院访希演出、前年希腊作家访华和我们此次来访而外，眼前的现实又提供了新的证明。就在联合会设宴招待我们，并安排电视采访的那天，约兰达夫人收到了她的儿童文学作品《我的戴眼镜的弟弟》的中文译本，译者任溶溶，是中国儿童文学作家。约兰达夫人欣喜地向大家展示译本，并接受我们的频频祝贺，为招待会增添了友情和喜庆的气氛。

其实，从下机伊始，到6月9日登机离去，我们一直浸沉于友情柔波之中。希腊之旅不过旬日，欢宴我们的招待会凡5次：抵雅典翌晚，我驻希腊大使祝幼琬女士为中国作家代表团访希举行招待会，联合会在雅典洲际饭店和该会所在地招待代表团各一次，维特萨科希斯先生和约兰达夫人分别在他们家里宴请我们各一次。维先生的宴会安排在我们返国前夕，也是此行活动的高潮。徐迟先生即席朗诵了他当天下午赶译出来的维先生的长诗《帮助我歌唱人》，略带酒兴的老诗人激越铿锵的音调博得宾主热烈的喝彩。祝大使和维先生也分别发表了热情洋溢的讲话。文学、理解、友谊是宴会的基调，也是我们访希全过程的基调。

主人的云情高谊，自然不仅以宴会为唯一的表达形式，而是——用时下时髦的名词——多侧面地辐射出来的。

我永远忘不了玛丽·凯蒂女士和克里斯多斯先生夫妇，他们放下赖以为生的经营和心爱的文学创作，陪同我们度过了在德尔菲的整个时光，海滨共坐，促膝论文，驱车访古，谈笑风生。我们抵达和离去，凯蒂两赴机场迎送。她性格直爽，衣着普通，在欧洲妇女中可算少见的朴素。而今，内子家居时，身上就穿着凯蒂托我转赠她的一袭淡灰色睡袍，它浸渍着爱琴海边一位西方女性对黄河之滨另一位从未谋面的东方女性的深深情愫。

约兰达夫人去年在德国因车祸受伤，至今肋骨上犹铆有钢板，但她却为接待我们奔波张罗，也是两赴机场迎送。她赠我的一方铜雕兼玻璃质的镇纸，此刻就压在我正写着的这篇散文的稿纸上，曳出我的缕缕文思。

还有维特萨科希斯先生，他曾任驻外大使，精通7国语言，因此还兼任全国翻译家联合会主席。但他不谙中文，试以英文与我交谈，我虽略知英语，却达不到交流的水平，只好以“I don't know”对之。维先生笑云：“你知道的英语总比我懂得的汉语多。”于幽默风趣之中流溢出机智和解我窘困的温情，使我深为感动。

海神庙前，希腊诗人玛露女士、塔索斯先生及其夫人和我们一起留下了笑声与合影，联合会秘书安吉尔斯女士导引我们探访卫城胜迹、博物馆里的遗踪，走遍了雅典的大街小巷，联合会主席、著名作家格莱佐斯先生和夫人虽都已80多岁高龄，也每次都兴致勃勃地来参加招待我们的集会。还有，同在科林斯湾小憩，在摄像机前采访我们的雅典电视台文化记者特密特里斯先生，酷爱中国老庄学术的英俊而温文尔雅的青年作家奥托先生，还有……

欧游10日，浮生一梦。今客梦虽寤，而蔚蓝色的爱琴海之旅和那里作家们诚挚而珍贵的友谊，却长留在我的温馨的记忆里。

[1992年4月至5月访希腊，7月10日写于银川湖滨]

文学溯踪

（八篇）

一、江南第一村

我和我的家乡——安徽泾县茂林村之间，不仅横亘着数千公里的辽阔空间，还隔着半个世纪的迢长岁月。尽管云山万重，年华流逝，家山的影子却时时在我的心湖里浮现。

茂林村位于黄山之北约百里之遥，居长江支流青弋江的上游。四周环山，终年青翠。濂溪与古溪两条明澈的山泉由南向北，傍村的东西两边流过。古溪西岸的西山之麓，有两株高大的红豆树，间年结出鲜红可爱、情系相思的红豆来，引得文人吟诗作赋，情人魂牵梦绕。

也许是山水之灵秀往往钟于人吧，村中自来文风颇炽。外地人进村，首先看到的是村口树立的14座“贞节”之类的石牌坊，接着据说只听到3种声音：男人读书声、妇女摇动纺车声、婴儿啼哭声。这自然是一种“美化”，掩盖了冷酷的阶级关系和炎凉的世态，表现出了自然经济和封建宗法制度下的一种乡村文化形态。

“学而优则仕”，是旧时代读书人唯一的终南之径。明、清两朝，茂林村就出了举人119人，进士19人；其中有不少人做了大学士、尚书、总督、巡抚、道台等一二品至四五品的大员。他们在村中盖起了数不清的深宅大院，诸如光禄大夫第、郡伯第、中宪第、司马第之属，以示门宦之显赫。这些府第一般都是白色大理石或仿大理石门框，同质石镶门楣，上面威严地镌刻府第的名称。青花砖墙别具一格，灰色砖面上布有随意组成的青色花纹，竖砌成墙，仿佛是立在面前的描花屏障。这种花砖烧制技术据云为吾乡独具，惜现已失传。因之，村中现在硕果仅存的几座基本上尚算完整的老屋，也就具有古建筑的意义而亟待保护了。

这些府第，进得大门往往是下堂或小院，转一个弯，便是硕大的敞厅或堂屋，为举行祭祀、婚丧仪式、宴会等典礼的场所。两边为正房，一律是雕花门窗、木质地板。正房前面有一个很大的起坐间，俗称“房门前”，设有天井以通空气与光线。正房对面是厨房。再向两边延伸，或在敞厅（堂屋）后面，即为花园，后来大都逐渐演变为菜园了。此外，还有横屋、书房、厢房、套房之类，那就各有格局、互不相同了。

家乡的文化传统一直延续到了现在。在当代，籍隶茂林的教授、研究员、作家和其他高级专业技术人员有数十人之多，众文星聚于一山村，可以说是一种罕见的现象了。

除了读书做官，经商也是茂林村的一个传统，坐商（开店）、行商（跑单帮）都有。境况比较贫寒人家的子弟，常常十几岁就被送到商店去学徒，名之曰：“学乖”，3年出师，便成为伙计。其中一小部分人慢慢升成“管事的”（经理）；有的发迹当了老板。邻近的县如南陵、宣城、宁国，以至芜湖、南京等都市都有茂林村人开的店铺。有的由官而商，或者亦官亦商。至于官僚和地主更是合二而一了。例如清末曾任山东巡抚的茂林人吴廷斌，就是拥有6000亩良田的大地主。他还捐了800亩田在村中办了一所学校，即现在的茂林小学前身。

茂林是一个很大的村庄，我记事的时候，就有数千户人家，有上万人口。本地籍人绝大多数为吴姓，自宋朝繁衍至今，已近千年历史，聚族而居，生生不息。

由于茂林村有如此的规模、人口和上述种种政治、经济、文化特点，所以，太平天国将领石达开曾称赞它为“江南第一村”，倒也名实两符，和当代的“江南第一村”江苏省的华西村前后辉映，分别为各自社会形态的产儿。

茂林历来就有一条长可及里的街道，因之，它既是村庄，也是集镇。最近，欣闻它已跨进全国500个著名小城镇的行列；我虽远在数千公里外，也为古老的山村重新焕发青春、展现新生命而喜悦、而雀跃。因为它是我的故乡，它的文化渊源，深深地渗透在我的性格、血液和细胞里，这种联系是时空的间距所不能隔断的。

二、不屈的堡垒

我的家乡茂林村不仅山水秀丽、人文发达，而且还有着革命的和爱国主义的传统。

那些战火纷飞、硝烟弥漫、风云汇聚的岁月已经远去了，远去了，但却印在家乡的史册上和我童稚的烟云记忆里。

早在第二次国内革命战争后期，中国共产党人就开始在茂林村进行革命活动，并秘密建立了党的组织。

1937年7月，发生了卢沟桥事变，全面抗日战争的烽火燃烧着神州大地。是年冬，南京、芜湖等沿长江的城市和繁昌、宣城等城镇相继沦于敌手，我的家乡泾县的地位就凸现出来，成为皖南抗日的前线。翌年，中国共产党领导的新四军挺进皖南，开赴前线，军部就设在我家村北20公里之距的云岭村，也在泾县境内，使这里成为大江南北抗日的大本营。茂林村为新四军战地服务团驻地。其时，我正是八九岁的稚龄，犹记得驻在村中的新四军干部战士、战地服务团员，走家串户，宣传抗日，帮助群众成立各行各业的抗敌协会，教唱抗战歌曲，使人民懂得了抗日的道理，觉醒了革命的意识。整个山村洋溢出一种朝气蓬勃、同仇敌忾的氛围。叶挺军长亲自指挥的汀潭和泾两个战役大获全胜，迫使日寇不敢觊觎我的家乡。在新四军保卫之下，四方流亡人士来归，村中建有数所中学、工业合作社，并驻有一些沦陷区的流亡县政府，以及韩侨抗敌工作队总部等，家乡一时呈现前所未有的繁荣。茂林村，成为屹立于抗战前线的一个不屈的堡垒。

1941年1月，震惊中外的皖南事变发生了，在抗战中建了大功的新四军，竟遭到国民党顽固派军队的袭击，军部及其直属部队数千名将士惨遭顽军毒手。周恩来为此愤怒地题了词："千古奇冤，江南一叶，同室操戈，相煎何急！"

但是，新四军播下的革命火种是不会熄灭的。风村(距茂林村5里)人凤石山，后改名洪林，事变前后在中共皖南特委工作，他奉命留在当地坚持革命斗争。皖南事变后，他和刘奎、马长炎、尹得光等几个战友在茂林村的南面群山环抱之中拉起了一支小小的革命游击队，在国统区的汪洋大海之中开展孤岛式的斗争，革命的堡垒依然在风雨中挺立。人传"三条半枪起家"，即是游击队初创时的实况。靠着大山的荫蔽，山民的拥护，游击队迅速由小到大，几年间便发展成为活跃在我家乡南部山区的一支革命劲旅，在中共黄山特委的领导下，纵横驰骋于泾县、旌德、太平三县的广大山区。他们勇武神奇的战斗事迹，从南面大山里随着濂溪潺潺的河水流到了茂林村中，村民常常互伸出四个指头彼此相示，悄悄传播着游击队惊险动人的斗争故事，四指者，喻新四军也。

这支游击队于1947年秋一度解放了茂林村，于不足两年之后，配合横渡长江的解放军大部队彻底解放了我的家乡。

抗战时期，新四军在我的家乡，还以革命思想和爱国精神哺育了当地众多年轻的知识分子，他们爱好新文学，阅读进步书籍，创办刊物，著文抨击当时的黑暗现实，成为我乡的一代精英。如吴允明、吴劲强于全国解放前即渡江北上参加革命，我的表哥潘同寿以小学教员职业为掩护，冒着生命危险担任游击队的秘密联络员的工作。还有吴逢源、吴文慧、吴子哲、吴运兴等人，思想也都进步。他们大多年长于我，和我谊在师友之间，在思想的启蒙和文学的切磋方面对我多有帮助，使我获益匪浅。

三、我的文学幼芽

在茂林村美丽自然风光、悠久文化传统、革命思想影响和漫天抗战烽火构成的环境中，我悄悄成长起来了，宛似向阳山坡上一株柔弱的小草。但我固长于斯却并非生于斯，我的诞生地是远离茂林村的地方。

安徽，以长江为界分为皖南皖北，皖北又以淮河画线分作淮南淮北。1929年阳历8月，骄阳炙地，炎天暑热，我悄然降于津浦线上、淮河南岸的繁华小城安徽蚌埠，它位于长江之北，淮河之南。我因地而名，至今未更。

然而，我对蚌埠的情形却一无所知，因为3岁，当职员的父亲丢了差事，便与母亲带着我和两个姐姐回到江南老家茂林村。直到差不多半个世纪以后，我才有机会重临诞生地蚌埠，并有七律一首志之：

车过淮河大铁桥，江潮起落共心潮。
百年世事今将半，两度因缘莫叹遥。
满目高楼从未识，一街客舍竟无邀。
南山若得长相憩，也谱秋光入洞箫。

我家在茂林村有一所颇为宽敞的住宅，名曰：留园，后来我才知道苏州也有一个留园，是著名的园林。我的祖父吴庆元，1868年生，1902年(清光绪二十八年)，在恩、正并科的江南乡试中，中试为第一百零五名举人，民国初年做过两任县知事。叔父吴建之，曾做律师，后当法官，解放后任中学教员。父亲吴仁夫亦是知识分子，即所谓“世代书香”是也。待我记事时，祖父和父亲都已弃世，我家也已沦为破落地主了。

我的童年生活是很寂寞的，遂常于蛛网尘封之中翻检祖父遗下的大批书籍，因多系古籍，殊难了了。小学五年级时，偶然得到一本《说唐》，读得入了迷。接着又连续看了《薛仁贵征东》《薛丁山征西》《月唐演义》《七剑十三侠》等许多旧式通俗小说。

进入初中以后，我的阅读兴趣便转向了新文学书籍。冰心的《寄小读者》给了我母爱之温馨，庐隐的《海滨故人》感动得我潸然泪下……后来，巴金的《家》《春》《秋》更强烈地吸引了我。1948年，我在散文《留园之忆》中回忆几年前读书的情况时写道：“后来我又杂乱地读了许多文学书籍，我完全沉醉在书本里。书中各种各样的故事和知识，都给我幼小的心灵以新鲜的刺激。我开始在书本里找到了广阔的生活，知道世界上还有苦难的一群。我惊诧那些聪明的作者们，怎么会那样坦直地写出人们心底蕴藏着而不敢吐露的话，他们的笔尖该是怎样锋利而又尖锐，他们有一个怎样高洁的灵魂……”

这是我十三四岁时的眉目的写真。再稍长，便能阅读家里旧书堆中的《红楼梦》《聊斋志异》、辛稼轩词、唐宋八大家文、《十八家诗抄》……

读和写往往只有一步之隔，读着，读着，我便开始东施效颦地写起来了，其时为15岁左右。我的第一个短篇小说题名《冬夜》，是写贫苦人饥寒交迫生活的，十分稚拙，以废纸弃之。我第一次发表的作品是散文，犹记标题为《黄昏》，内容是抒发对季节时序的伤感之情的，发表在1945年春的《泾县报》上，时年16岁。首次见到自己的文章变成了铅字，那高兴的心情真是难以形容，此文报样于今未存。我的第一首新诗《卖艺的人》也写于1945年，以前从未发表过，原稿侥幸保存了下来，后来收入我的诗集《新声旧调集》中。诗很短，受臧克家影响，不妨录在这里：

一把小刀刺进坚实的腿股／一片血花溅满黑色的皮肤／千斤石下／挣扎着负创伤的身子／三张桌上／翻一个倒筋斗／为的是什么／难道生活比这些更苦。

这些就是我的处女作，我的文学幼芽。

四、星海·星潮·沙漠风

1945年8月15日，抗战胜利的凯歌响彻了祖国的大地和天空。我的家乡茂林村的人们喜泪盈眶，奔走相告，额手称庆，痛饮“黄龙”。接着，从原沦陷区来的流亡人士也纷纷束装归去，名之曰："复员"。

我就读的广益中学茂林分校亦迁返芜湖。我乃于1946年秋徒步数百里，入采石矶的刚直中学。

采石矶为著名的风景区。当时是属安徽当涂县治下的镇。解放后设区，划归马鞍山市。翠螺山峙立于长江之滨，满山林木，绿符其名。岩壁伸入江中，即采石矶是也。传说唐朝大诗人李白即于采石矶头舟中醉酒，水底捞月，沉江而死。翠螺山麓建有太白楼，内塑太白卧像。刚直中学与太白楼中间仅隔一庙。这一带江山如画，风景奇幽，外人罕至，在当时乱世，可算是"世外桃源"了。37年后，我写了一首《七律·忆采石矶太白楼》：

碧天皓魄照平沙，谁系扁舟泊酒家？
旧说荒唐江底月，新栽疏密岸边花。
三章春曲清平调，一渡秋思采石茶。
最忆翠螺山下路，楼头掩卷听琵琶。

我时年17岁，体弱多病，初出家门，负笈江干。面对江上秋风，山中落叶，很自然地患起乡愁病来了。课余寄情于诗文，不乏怀乡之作。在采石矶，我写的作品现存的有散文《午夜》《怀乡曲》，新诗《修行者》，在当时都是刊载过的，《修行者》是我发表的第一首新诗。这几篇东西后来分别收入我的散文集《梦里青山》《人世沧桑谁识》和诗集《新声旧调集》中。

在刚直中学只读了半年，1947年春，我就转回母校芜湖广益中学来了。

芜湖是皖南最大的城市，仅报纸就有六七家。这时我已习惯离家读书的生活，见闻也较前为广。就在到芜湖的当年初夏，我和同学组织了星海文学社，在《国事快闻》上借得一块版面，每周出一次《星海》文学周刊。创刊号上，我写了一篇散文诗《星海恋》作为代发刊辞，这篇作品也收入了《梦里青山》。

不久，星海社与吴本诗主持的新潮社合并，改名星潮社，在《大江日报》上出版同名文学周刊。这一时期，我陆续发表了散文《湖上》《古城》《小巷》，新诗《老教师》等。后者收入1984年重庆出版社出版的《中国四十年代诗选》。

1948年，一位同学又创办了《沙漠风文艺丛刊》，内容进步，共出2期。我在第二期上发表了散文《还乡草》。之后，我又发表了小说《黑夜里的故事》、组诗《光明篇》以及前文提到的散文《留园之忆》等。在高中的3年中，我大约发表了30多篇散文、新诗和短篇小说，内容大多数为憎恨黑暗、向往光明，间或亦有愁绪伤感之作。这一时期，我受到老师吴葆萼、吴寿祺等人影响，思想渐趋进步，并且认为爱好文学就是进步的标志。

五、沸腾岁月与学府春秋

1949年4月24日，那一天，长江南岸的芜湖解放了。前一天，国民党守军不战而溃退，地方旧政府也自行撤守，芜湖度过了“真空”的一夜。翌晨，阳光明媚，江城宣告解放。入城仪式相当盛大，岁月又一次沸腾了！我担任了学校学生会的学习部长，主持出了两大张欢庆解放的墙报。

头一年由芜湖赴解放区的吴劲强随部队到了芜湖。他已脱却西服，穿一身草绿色军装，斯文中透出英武。他是我半师半友的兄长式的人物。在他的鼓励下，我报名参加西南服务团。遗憾的是在体检中发现我患有浸润性肺结核，只好暂时离开沸腾的生活，回家养病。在病床上，我写了《木格窗》《紫色笺》等散文，与休养的情境相谐。8月，病体稍有起色，便担任了家乡行政村的教育委员，负责冬学、民校、黑板报和演剧等工作。次年初，我们在镇上演出了大型歌剧《白毛女》。

我奇迹般地恢复了健康，并成为芜湖市郊区土改工作队员，又投入沸腾的生活。我仍然时时想写点什么。但以往那种空泛之作已难以与新时代合拍，对描写工农兵一时还不太熟悉。是时，我在土改工作组做秘书工作，搜集的材料很多，于是我就写起反映轰轰烈烈的土地改革和农村新面貌的通讯来，土改后任郊区的小学教员时还继续写。从1950年到1953年，我在《皖南日报》和芜湖《新工商报》上发表了30多篇通讯。《芜湖大众》报总编辑刘乔是我在土改队的老首长，1953年，他邀请我参加了该报所属的文艺创作小组。

1954年，25岁的我，作为调干生考入北京师范大学中文系，偿了学文学的宿愿。负笈京华，初见世面。几千人的大学校里，俊才云集，我一时还难准确估量自己的价值。因此，已经发表过60多篇作品和文章的我，刚入大学的第一次作文，竟然只得了3分（5分制）。

不久，我就适应了高等学府的生活，创作也逐渐活跃起来。我参加了学校的文学社，还担任过学生会《蓓蕾》文学月刊(铅印)的编委兼诗歌组长。刊名是郭沫若先生题的字，同时还请他为《蓓蕾》写了一首诗。

在大学二三年级，我在《北京日报》《中学生》杂志，以及校内学术、文学刊物上发表过新诗《遥寄同学们》《是什么使你神往》《送行》，组诗《街头抒情诗》，仿民歌《歌唱总路线》，论文《试论白居易的〈长恨歌〉与〈琵琶行〉》等。

大学4年，经历了两场政治运动：反胡风；反右派。在前一运动中，我被怀疑曾参加三青团，因系普通成员之嫌，并未挨整，只是被摒于积极分子之外，少开了许多会。这倒使我有较多时间阅读了大量中外古今文学书籍。1960年年初，组织上对我的三青团员问题终于做出了否定的结论。1957年，反右派，我也得豁免。

六、把青春献给美丽富饶的宁夏

1958年8月，我大学毕业，分配到宁夏工作。因适应新成立的回族自治区的需要，同来的学友共70余人。当时我们有一个口号："把青春献给美丽富饶的宁夏！"

其时，包兰线北段尚未营运；由北京启程时，南段也只售到中卫的票。到兰州后，前面传来信息，列车已经可以到银川了。所以，我们乘坐的，也许是历史上第一次开抵银川的火车呢。

我被安排在宁夏工业学校担任语文教员。那时，银川的景象是土屋满城，黄尘覆路。我们在银川东教场的校舍就是一排排土屋，外表煞是难看，内部却粉刷得颇为敞亮。初来银川时，正是"大跃进"中大搞群众文艺创作的高潮，我成了活跃分子，写了不少豪言壮语式的诗。1959年2月8日，《宁夏日报》刊载了我创作的仿民歌《新编十二月小调》，这是我在宁夏发表的第一篇作品。同年，纪念五四运动四十周年时，我在《宁夏日报》上发表了散文诗《五四，我想起了天安门》，引起编辑哈宽贵、李震杰的注意。从此，他俩和后来的《群众文艺》（《宁夏文艺》和《朔方》的前身）的梁文若、梅文秋便常常向我约稿，他们是我名副其实的编辑老师。到1966年“文革”开始时为止，七八年中，我在宁夏一共发表了60多篇诗、散文和文艺评论。这些作品大多数是配合中心任务的，往往是空泛的政治口号和粗拙的艺术形式的结合。只有几篇值得一提。例如：诗《鼓楼曲》写于1959年秋，采用的是民歌体与旧体诗相结合的形式，表现新中国成立前后的变化。这首诗曾被选为宁夏中学语文乡土补充教材，并于1964年获“纪念《在延安文艺座谈会上的讲话》发表二十周年暨庆祝宁夏回族自治区成立五周年文艺作品奖”。它收入我的第一本诗集《塞上山水》。1962年写的文《春日短笺》是专写公园里的春花的，在那时，也就颇感不易了；它是收入我的散文集《梦里青山》的这个时期的唯一作品。此外，还写有纪念俄国作家契诃夫和德国诗人席勒的评论文章等。

1960年5月，我被遴选为文艺创作方面的特邀代表，出席了宁夏文教群英会。1962年我和杨肇荣女士结婚，30多年来，她对我的创作给予了巨大的支持。

还有两件事，我在散文《往事情萦难绝》中提到过，不妨摘录在这里备考：

(1960年)我参加了对一篇题名《为做一个杰出的文学家艺术家而奋斗》的文章的批评，我的发言就登在这年第三期的《宁夏文艺》上。批评者都说作者宣扬了名利思想……听说作者是一个青年，后来再未见他写东西了。我们的批评也许造成了一个文学爱好者从此离开了文学之路，我为此深深不安……1962年，《宁夏文艺》1至3期，共发表10余篇文章，批评我在题材问题上的观点。这些批评是在百家争鸣的旗帜下进行的，政治上对我倒并未形成压力，还发表了我的反批评文章。这两次批评和被批评，徒然暴露了我在文学理论上的幼稚浅薄和受“左”倾思想影响之深而已。

这两件事在当时就是轰动宁夏文坛的新闻了。

七、在风雨频频的年月

风雨频频，电闪雷鸣——这样来形容“文革”初期的景象绝非夸张之语。具有教员与业余作家双重身份的我，自然首当其冲，成为了“革命的对象”。但说来也奇怪，在“文革”最初的日子里，我却还有一段意想不到的经历——

莫须有地批判“修正主义文艺黑线”是“文革”的一项重要而荒谬的内容。我因为曾于1961年末撰文发表过与当时《文艺报》《题材问题》专论不同的意见，并引来过批评和争鸣，遂被当作反对所谓“反‘题材决定’论”的苗子，1966年6月抽调入自治区党委新成立的理论批判小组，即准备大批判文章的写作班子，俨然很革命了。然而，“好景”不长。我当时虔诚地认为自己应当经受革命洗礼，便主动而坦然地将所写作品（90%以上是歌颂党和社会主义的）报送给我原工作学校的工作组审查。谁知跟着批判我作品的大字报就铺天盖地而来，上纲之高，火力之猛烈，到了吓人的程度。其中与有力者，竟是我平时认为的一位“挚友”。我旋即于7月间被揪回学校。顷刻之间，由“革命文艺战士”变成了“资产阶级反动学术权威”。后来，校内造反派“杀向社会”。11月，我便“自己解放自己”了。1968年冬，我又被指鹿为马，莫名其妙地胡整了一通。两受冲击，加起来为时半年多，比那些长期受迫害的同志幸运多了。

十年风雨，文艺园地在8个样板戏之外，总共不过寥寥无几的小说与诗集，百花凋零，文苑凄清。“文革”后期，一些文艺刊物陆续复刊。但发表的作品只能有一种调子，一种“文革”所允许的风格，这是百花凋零的另一种现实的诠释。1973年，作家哈宽贵奉命筹备1965年停刊的《宁夏文艺》复刊，将我调到编辑部，于是我从业余作家转为专业文学工作者，时年44岁，这是我人生道路上的一大转折。老哈对我是有知遇之恩的。当然，那时的《宁夏文艺》，也是以《朝霞》马首是瞻的。

70年代初，我在搁笔数年之后又开始创作。编辑向我明确宣布，知识分子只能当配角，作品可以发表，但不能多发。后来我也做了编辑，更不敢发自己的作品。因此，那些年，我只发表了几篇新诗和文艺评论，基调均未能突破当时的阈限。我还写了两篇大批判文章，一篇是评凯洛夫《教育学》的，刊载时署名银川师范革命大批判小组。另一篇用本名发表，其时，宁夏正集中批判剧本《西吉滩》，我的这篇是其中之一。文中虽未点作者的名，但对作品却冠以“宣扬历史唯心主义”的罪名。我当时的认识就是如此，并非违心而写；现在看来当然是十分错误的。我对已故的剧本作者姚以壮同志怀着深深的歉意。

风雨频频的年月，我就是这样走过来的。

八、艺术青春愿常在

1976年是中国历史上的大悲大喜之年，史实俱在，不需我多说了。

随着“四人帮”的文化专制主义被推倒，文艺界的气氛开始趋向宽松。1978年底党的十一届三中全会和1979年10月邓小平《在中国文学艺术工作者第四次代表大会上的祝辞》划出了文学艺术的社会主义新时期。文艺为人民服务、为社会主义服务的方向明确了，百花齐放、百家争鸣的方针复归了。文学艺术的春天来到了！我的真正的艺术青春也开始了。虽然这时我已近“知天命”之年，但晚来的艺术青春终于在我的身上焕发出了流萤的光彩。

我创作的作品数量大大增多。从40年代中期到70年代后期的30多年间，我一共发表了百余篇作品；而从70年代末期到现在的不足20年中，我登载于报刊的诗文，却为前30余年的10倍，计千余篇(首)。

我挣脱了“左”的桎梏，逐渐遵循艺术规律进行创作，迄今虽未写出、也写不出传世佳作，但作品的思想与艺术却较之以前有明显的长进。我曾有句云：“愧疏佳什惊天下，幸有俚词聊自珍”，是我的自况和写真。

我创作的品种也多了起来。新时期以来，旧体诗词恢复了生机，绽开了鲜艳花朵。在这样的背景下，我创作了大量旧体诗词，已发表的达四五百首之多。此外，我也涉足歌词、报告文学、小说等过去不曾或很少探索过的领域。

跟着文艺春天的步履，我的作品从宁夏走向区外，走向全国；随着改革开放的发展深化，我的作品也走向海外，刊载于海内外百余家报刊。

我的作品多次获省级以上文学奖。

1979年末以来，我先后出版了诗集《塞上山水》《漂泊的云》《新声旧调集》，散文集《梦里青山》《人世沧桑谁识》等。我的诗文被选入海内外约一百种文学作品选集。

于创作之外，我还主编、编辑了“塞上诗丛”9种以及《宁夏当代作家论》《宁夏文学十年》(与人合作主编)、《古峡涛声》等书。

80年代初，我加入了中国作家协会。后来，又参加了中国共产党，荣幸地成为无产阶级先锋队之一员。我曾连续当选为宁夏作家协会第二、第三届副主席，担任过宁夏文联文艺理论研究室主任、《塞上文谈》主编等工作，现在还任着中国散文学会理事、宁夏诗词学会副会长等社会职务。党、政府和人民给予了我许多荣誉。我还接受过国内外文艺团体的顾问、名誉理事、特约编审等聘书，并跨入多种辞书。

1992年，我作为中国作家代表团的成员，应邀访问了希腊，在爱琴海畔景色如画的半岛之国，度过了春光明媚的季节。

就政治生命和艺术生命来说，我是党的十一届三中全会的产儿。没有三中全会，就没有我的今天。

而今，我已经68岁了。但现在却是我文学创作上的青春时期，也是我一生最好的岁月。我将继续坚持创作，争取再写20年。

艺术青春愿常在。

［本篇八节单独行文，于1997年3月17日至8月11日在《银川晚报》连载］

思念：遥致天国女友

你走了，宛似秋风吹落的一片树叶，不知飘往何处？犹如冬天的一瓣雪花飞入碧潭，悄然无声无影……此刻，你也许坐在孟婆的茶棚里，喝着那一盏使你迷失归路的酽茶；也许乘在卡隆的渡船上，荡向那永无返程的彼岸，不知你是否记着口含一枚银币作为渡资。

落叶无踪，雪花无迹。然而，在我的思念中，在我的思念中，却潜藏着你已经永远消逝了的、又永远逝不去的倩影。说是倩影，一定不是你最后离去时的形象，而是我们最初相识时嵌入我心湖的写真，并在我的心湖里一直铭印到今天。

于是，倩影将我引向遥远的烟云，让精神的丝缕牵曳着青春的梦寐。我的思念穿过半个多世纪的时光隧道，来到一个飘着雪花的江南山村，那是时代的风雨中一个暂时宁静的小岛。在一间乡村小学校的礼堂里，一群青年人在排练一出最终未能演出的话剧。那是静寂的冬夜，天花板下吊着的大玻璃罩子煤油灯，在当时乡村的世界里就算是明亮了。你在剧中那银铃样的、甜甜的嗓音在夜的空气中荡漾，也在我的心里荡开了春天的涟漪，如一年后在终于公演的歌剧《白毛女》中，你那“北风（那个）吹，雪花（那个）飘”的歌声扣动着我心的琴弦一样。而在这出未演出的话剧里，你说：“还记得那山东的老家吗，那么大的山，山上还有桃花。”不是也如我们江南的山村吗！于是，在春光明媚的午后，我偕同你到西山之麓、古溪岸边去采摘桃花。在树下溪边，你和我蹲下来洗手绢。一首唐人的七绝浮上了我的心际。

去年今日此门中，人面桃花相映红。

人面不知何处去，桃花依旧笑春风。

我只念及第二句是当时当地情景的最恰当的写照，又谁想得到第三、第四句竟是此日的谶言。

你还记得、还记得那些有月亮的夜晚吗？四壁的青山和山上的绿树在月光下呈现出黑魆魆的影子；而溪水与河堤却是明亮的，我们在河堤上的身影也变得明亮了，像一个银灰色的梦。深蓝天穹上浑圆的月亮终古常新，从宇宙洪荒起就照耀着我们的山村，一直照到无穷无尽的未来。而在这中间，我们的笑声将这月夜涂上年轻的色调；你那柔和而清脆的女中音的歌声，引得群山和溪流也来谛听，在月光下唱《月光曲》，该是多么谐调的诗的境界啊!歌声在夜空中飘荡开去，飘得很远很远，并和淙淙的溪水一起流向山外去了。我也随着你的歌声和溪水流到山外去了。从此，暌隔天涯，直到地老天荒。在我的遥远的思念里，永远是你柔美的歌声，永远是你少女的青春的风韵。

后来呢？后来听说你有了温馨的家，我在远方为你默默地祝福。而现在，你却撇下了家独自走了，撇下了一切独自走了，于你，一切都已化为了泡影。

不知你在天国里还演出话剧和歌剧否？不知你那里可有桃花、溪水、月光？你的《月光曲》的动听的歌声可也在天国里飘荡？我的遐想缭绕虚无缥缈的海市蜃楼，思念着，思念着……

［2007年6月27日］

秋雨潇潇：山城之旅

昨天的现实，就是今天的梦境。我从现实走进梦境，还没有从梦的遨游中醒过来的时候，墙上的日历已经掀过2008年，进入另一个春天了。

我的思绪循日历的流水线逆向而行，于是，悄然回到昨天的现实之中——

秋雨潇潇。

2008年10月22日，我和内子像两朵漂泊的云，从塞北晴朗的天空向南飘去，悄然落在嘉陵江畔那座雨丝绵密的著名山城的飞机场上。

啊，重庆，我们来了！

我的精神丝缕继续溯岁月之河向上游延伸——

六十多年前，在抗日战争漫天烽火的年代里，还是江南山村一介顽童的我，从大人们的言谈中，就频频听到了“重庆”这个地名，并且知道了它位于我家乡西面遥远的天边——也许是日落之处吧。它是我国当时未沦于敌手的国土上最繁华的大城，也是抗日战争的司令部和大本营之一，日寇和汪伪不就是将国民党抗日人员称为“重庆分子”吗！

接着，又听说日机对重庆大轰炸，防空洞里成千上万老百姓窒息而死。这是日本帝国主义对中国人民犯下的擢发难数的滔天罪行之一，也是当时国民党政府腐败无能造成的恶果。噩耗梦魇似的沉重地压在我稚嫩的心上，使我为之扼腕，为之悲情难已。

后来呢？后来我读了宋之的剧本《雾重庆》、艾明之的小说《雾城秋》，学唱了歌曲《嘉陵江上》，它们把我的迢迢梦幻和模糊憧憬带进了夔门，带上了朝天门码头，带到了那座乌云笼罩、阴暗低压、但也有一柱光明灯塔的环山之城……

人间沧桑，似水流年。

1972年，我从天边驰来，初识山城容颜。在这里，瞻仰了红岩村的革命史迹，凭吊了渣滓洞革命先烈的英灵；具体感知了其时还健在的周公当年在这龙潭虎穴里的斗争艺术和坚定从容的风貌；我伫立于解放碑前，沐浴在南温泉内；在枇杷山看山城灯火，在亲戚家拥挤的一间小房内举杯相聚……萍踪十日，足慰平生。但那还远不是值得欢畅的年月。于是，我带着对山城的依恋和离别的惆怅走了，走了。

参天大树又增加了十六道年轮，我二度来游山城，已经是春暖花开的1988年了。在于今已逐渐淡去的记忆之湖中，浮现着三盏明亮的航标灯：店铺内满目琳琅，街衢上欢笑盈耳；曾经残留的旧时代竹木结构的简陋的所谓“楼房”（也有三四层的）已完全消失在历史的烟云深处；亲戚家也已从一间陋室迁入三室一厅的崭新楼房，虽然还不算宽敞……

而今，又是春秋廿度了，已进入垂暮之年的我，竟逢机缘三进山城，即使是平素宁静的心湖也会泛起感情的漪澜啊！

内侄驾车到机场来接我们，内兄杨居辰先生已是八十三岁遐龄，体躯犹健，也兴致盎然地亲临机场，并于家中扫榻相迎。这回其寓居为三室二厅双卫一厨，较之以前那个三室一厅更宽阔了。我三进山城，见证内兄三迁，这标志着一个普通重庆市民三十年来生活水准的三次腾跃，真可谓是“三级跳”

了。听说内兄明年还将乔迁新居，我真不知道从自己贫乏的字库里拿什么词语来写了。

暮年重聚，亲情倍浓，山城半月，寸阴胜金。连那淅沥的雨滴，也在我的心上洇开着温馨的花朵。

三进山城，给我印象最突出的，莫过于重庆市容变化之巨，沧海桑田，我已经认不出它来了。二十年前，我到江北字水中学探访一位在那里担任教职的亲戚。土路曲径，爬坡上下，一派乡村风景。我现在寄寓的江北洋河花园，当时也是阡陌交错、农田郊野。此次重来，两处都已是街衢纵横、霓虹闪烁、汽车结队、高楼林立了。城市扩展，固证繁荣；而农田渐失，却也足远虑。说到高楼，也许是我此行印象的突出中之突出的了。我们从机场出发，甫入重庆市区，直矗云霄的高层建筑便扑车窗而来，都是十几层、二十几层甚或更高的，队列在街道两旁，像威猛的巨人倚天夹道而立，似一路绵延不绝地欢迎我们的仪仗队。我们的汽车就在这高层建筑的长廊中向前驰行。

内兄寓所在一幢大楼的九层，阳台视野宽阔。纵目之处，远远近近，参参差差，几乎全是高楼（我自定的标准：十层以上始为高楼），似森林，似石林，如万木插天，像巨浪凝固。这还是江北区呢，若繁华的渝中区，更是高厦的海洋了。这种景象，就我见闻所及，海内恐怕只有北京、上海、广州、深圳等几个大都邑差可比拟、与之伯仲了，海外呢，我到的国家不多，大概也只有少数城市可以与其相仿吧。

我又到解放碑去，它是重庆的一个标志。据说此碑始建于20世纪40年代初，当时正值抗日烽火炽燃神州大地之际，初名“精神堡垒”。如果此话确实，倒也有全民总动员抗日的爱国之民族精神的含义。山城回到人民怀抱之后，重新塑造，改名解放碑，更赋予了迎来灿烂阳光的新时代的象征。如今，在四周高楼的重重环绕之中，它相对地显得很矮小了，但仍然具有纪念碑的意义。山城的千楼万厦，不正是因解放，特别是因改革开放而雨后春笋般生长起来的吗！

参观大足石刻，也是我此次山城之旅的一道虹彩。关于石刻，以前我只知道敦煌莫高窟、洛阳龙门、大同云冈是我国最著名的三大石窟，屐痕均已亲及，还有规模略次的数处，也有所闻见。大足石刻却是近些年来始知，此前两访山城，对它就在重庆周近却浑然无觉，足见孤陋。这回方得一游，大慰宿趣。

大足，我原揣想也许是以什么大脚印痕之类的传说（这类传说似乎别处有过）而衍为地名的，及读介绍资料，乃知其非，原来是指年成的“大丰大足”之意，为农耕社会遗留的佐证。由重庆市区驱车出发，约两小时即达大足县境，它亦为重庆市所辖。

大足全县有摩崖造像102处，总称大足石刻。它始兴于初唐，延至民国时期，经过六个朝代，约一千三百年，续有所增。今有塑像五万余尊，洋洋大观，数量恐怕超过了上面说的三大名窟，不过名传稍晚而已。

宝顶山是大足石刻造像最集中之地，它开凿于1174年(南宋时期)，初由高僧赵智凤主持。至1252年初步建成，有塑像近万尊。我和内子那天参观的即是此处。造像的特征是：菩萨、真人、儒士并存，三教合一，这似乎是他处所无的。此外，还有众多凡人（普通人）的造像，也是其特色。石像个个栩栩如生，在观赏时，恍惚中它们大有走下来和我们对话之势。第11号释迦牟尼涅槃图，即卧佛像，长达31米，为全国最大的石窟卧佛。

山城半月，我始终浸泡在亲情和游兴之中。重庆多雨，亲情也像秋雨那样绵长，点点滴滴地滋润着我的心田，融成一首小诗：

廿载山城今又回，重逢共举旧时杯。
祭坟泪洒遂宁雨，访古痕留大足苔。
深觉亲情浓胜酒，更欣幼木尽成材。
此行不是终天别，且待期颐再度来。

是的，我年八十，夕阳含山，然尚未臻米寿，体犹顽健。四访山城，是我不可遏止的希冀，看来实现是大有可望的。那时，重庆的社会主义现代化建设定然又更上层楼了。

[2009年3月]

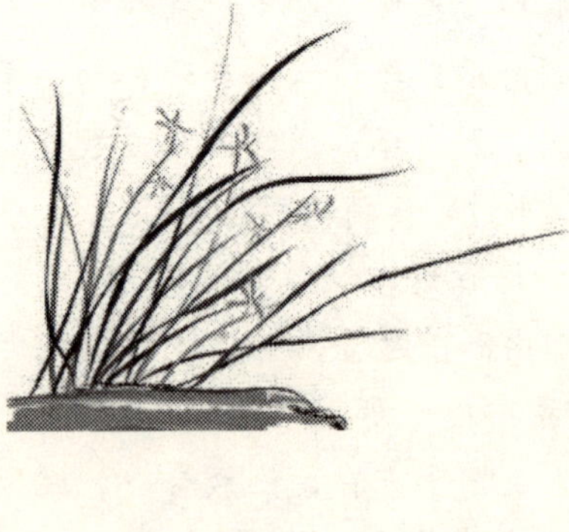

两个江城：万州访旧

江水滔滔。

长江从重庆市区穿过，蜿蜒往东北方向流去，宛如一条浑黄的长龙在巴山蜀水之间翻滚嬉戏。它将江轮送到的较近一个码头应该是万州吧。它原名万县市，现在是重庆市的一个区，故改今名。其实“万州”之名，古已有之。据考，5世纪，即南朝梁代，就设有万州，不过地点不在今治。唐贞观八年（634年）设置的万州，其地即与现在相符。因此，就名称来说，算是“复古”了。

我却与江轮缘悭，此刻，正坐在一辆由重庆开往万州的大客车上。虽说是市内旅行，车程却需三个半小时左右。黑色的高速公路与长江相携而行。汽车披着秋风秋雨，在湿漉漉的公路上向前驰骤。车窗外，景色一片迷蒙，全封闭的道路漾出一种孤独之感。

细雨如丝，牵动着我的思绪飞向此行目的地——那座陌生的四面环山的江城；也飞向数千里外的江南，我曾寄居七年的那个平原上的熟悉的另一座江城。

我是去万州探访一位老友吴劲强的。我和他睽别已经五十九年之久，也就是说即将花开一甲子了。我还清楚地记得分手时的情景：那是1949年夏初的一个丽日方升的早晨，就在上面说的那座平原上的江城——安徽芜湖。那时我们是多么年轻啊！

说到年轻，劲强兄却比我年长六岁。当抗日战争的烽火还在漫天炽燃的时候，在故乡，我刚读初中一年级，他已经快高中毕业了。坦直地说，那时，我和他还搭不上话。一次，他因倾向进步而遭到学生中三青团分子的殴打。我从学校办公室门口经过，见到劲强在里面向校长愤怒控诉打他者的恶行。这件事给我留下了深刻的印象。接着又发生了国民党当局对进步人士的搜捕，黑名单上也有劲强兄，他潜离学校得脱。少年的我，模模糊糊地感到他不是一个普通的学生。

等到我们再见面的时候，我已经在江城芜湖的一所教会学校里读高中了。劲强也来到江城，在一间小学校里教书。后来事实证明了我最初的猜测：教员乃是职业的掩护，他当时是在做地下工作呢。同时他还兼任一家报馆记者，这份职业使他更便于进行革命活动而不易受到怀疑。

劲强很快和青年学生交上了朋友，用进步思想影响着我们。他曾在我们办的铅印学生刊物上发表论文《论当前文艺工作者的道路》，明确阐述了深入工农兵的道理。当解放战争节节胜利之际，劲强多少次兴奋地给我们分析政治军事形势，指明革命胜利即将到来。他并没有向我们透露过自己的真实身份。在我的感觉里，他是一个有思想有见地的进步青年，一个兄长式的人物。

我还记得六十年前（1948年）秋天的一个阴霾的傍晚，劲强兄突然来到我的住处寄宿。约摸一个星期后，在潇潇雨夜里，他携着简单的行囊走了，行前什么也没有说，只是送给我一本苏联革命小说《夏伯阳》（后通译《恰巴耶夫》）。我很珍爱这本书，后来被人借去，不翼而飞，殊为可惜。当时我也不问他的去向，但暗自估计他可能渡江北上奔赴解放区去了；来住我处是走前的暂时隐蔽，因为我单独居住的寄宿舍地处僻静，平时少有人来。实况果如我的推测。

转眼就是次年（1949年）4月底，劲强随大部队回到刚刚解放了的江城。他穿一身草绿色军装，英姿飒爽。我们在灿烂的阳光下重新聚晤，该有多大欣悦啊！然而，重逢是短暂的，劲强兄参加西南服务团随军西征，我却卧病江城，不能与之俱，从此地角天涯，一别以迄于今……

忽然，汽笛长鸣，将我的梦魂从往昔的江南唤回，原来车子已达万州。八十五岁遐龄的劲强兄竟然扶着女婿冒雨来接站，令我感动不已。谁能想到此时我面前的皤然老翁，竟是记忆中的那位翩翩少年呢。他亲临车站，标志着虽年高而体犹健硕，这是使我无比欣慰的。

我在劲强兄的寓所——市区中心一幢旧楼房顶层的套间里坐定。环顾四周，很为简朴，家具陈设都是既不高档也不舒适的旧物；但茶几上却供着鲜花，这也许是屋主人的本色吧。劲强的老伴谢世已久，儿女各住自己的家，所以他是空巢独居。我们西窗共话，宛然六十年前那个秋天在江城芜湖我寓居处夜谈的情景，唯是中间横亘着长长的年月。忆往昔峥嵘岁月稠；这峥嵘是他，而不是我。

我曾约略地、零星地听到过一些别后他经历的沧海风波，这回始知其详。众所周知的1957年那一关他没能过去，几句交心话，一场暴风雨，于是，一个忠诚的共产党员，戴上了“右派”的荆冠，在坎坷的途程上，步履维艰地跋涉了二十二个春秋。

江水长流波逝去，梁间旧识燕归来。1979年，当社会主义新时期的百花争艳之时，劲强兄终于归来了，晴光涤尽了他身上的尘埃，还给他革命战士的本来面目。他担任了一所名牌中学的校长，为培养社会主义现代化建设人才而戮力多年，成绩卓著。他终于有了辉煌的后半生。

在这里，我还遇见了一位也是旧识的老战士吴光进，他也是和劲强兄一起参加西南服务团来此的，曾是副队长吴劲强的学生队里的队员，于今也定居万州了。

万州三日，欢慰平生，而流光倏忽，别情依依。于是，劲强、光进和我到万州公园去，把短短的相聚托付给湖光山色，并频频合影，以留下难忘的踪迹。其中一张就是现在放于我案头的五寸彩照：三个笑容满面的老人沐浴在明丽的夕阳光辉之中。我将永远珍藏着这幅瑰美的“油画”，也永远珍藏着对曾经导引我前路的劲强兄以及光进旧友的记忆——从少年时光到暮年岁月，从江城芜湖到江城万州。

两个江城：一个在长江下游，伫立平原；一个在长江上游，周围环山。它们联结着我的老友的命运嬗递、人生历程。江水滔滔，有时奔腾湍急，有时峰谷起伏；有时波澜壮阔，有时平静无波。但它总是前进着，前进着……

[2009年4月于银川]

金婚曲:献给我的老伴

美丽的夕阳该是标志着一个晴日之尾声的灿烂吧？那么，金婚也许就是人生最后的一次辉煌。

记不得是什么时候了，我曾在一篇散文中写道：“辉煌闪耀、令人神往的金婚已经遥遥在望。”[①]许多年过去了，而今，终于走进了这个“遥遥在望”，于是，我和你都辉煌了。

是的，半个世纪了。多长的岁月，多长的梦；多长的人生，多长的路啊！我和你从风天雨地中走来，披着绚丽的阳光走来……时时瞻望前路的风景，常常回眸走过的踪痕。

啊，走过的踪痕——

在那远去了的战火纷飞的年月，嘉陵江畔反饥饿、反内战的学生队列中，闪现着你少女的姿影；而在数千里外扬子江下游南岸的那座古城里，我，一介年轻瘦弱的书生，则在寄居的旧宅的暗淡灯光下，孤独地读着鲁迅和高尔基的作品，打发那些寂寞的夜晚。那时，或许古罗马小孩丘比特的箭已经射中了我和你；或许中国的月下老人也已用红绳系住了我们的足部。只是当时天涯陌路，我和你都无从知晓罢了。直到……直到后来，有一天，我和你偶然相逢于黄河之

① 文内的引文均为拙作诗文句。

滨，相逢何必曾相识，“一阵天风 / 吹偏了 / 两颗流浪星的轨迹 / 于是定格 / 于是诞生了今天”。

还记得塞上江南的那个初秋的蔷薇色的黄昏吗？没有婚纱，没有礼服，没有婚宴，我们的房间里也洋溢着欢乐气氛，朋友们前来祝贺我和你的新婚。糖果流溢出喜气，清茶泡喧了笑语。没有沙发，没有席梦思，我和你在那间小土屋里度过了洞房花烛夜、玫瑰蜜月期。

幸福时光的节奏又慢又快。慢，幸福年年月月长萦心头；快，时光分分秒秒走个不辍。宁静的港湾也有风云变幻，湛蓝的天空也会突变电闪雷鸣。“最是难熬的夜晚/你用轻柔的手/抚摸我受伤的心田”。我和你毕竟都是那个年代的幸运儿，梦魇并不长久，就雨过天青，多云转晴了。“而当朝霞热吻地面/我又匆匆去寻找/失落了的昨天”。我们不仅找回了昨天的失落，而且拥有了明天的希冀。我蘸着心灵的泉水写下篇篇文学作品；你用辛勤的劳绩录制成杏坛上朗朗的讲课声。你陪我许多的春，我伴你许多的秋。我们携手走向憧憬，走向明丽的未来……

如花美眷，似水流年。

渐渐地，霜雪覆盖了峰巅，青春藏进了记忆。于是，在知天命之年，我为你唱起一阕《调笑令》：

> 华发，华发，忆否红颜似画？争教岁月欺人，仙姿渐让皱纹。纹皱，纹皱，笑我深情依旧。

我和你先后依依告别“朝九暮五”的岗位，踏上人生另一段漫长而多彩的旅程。桑榆未晚，为霞满天。我和你屐痕处处，游踪点点。从春光明媚的昆明到艳阳炙地的深圳，从炎热的天涯海角到凉爽的青岛海滨；泛舟西子湖上，攀登泰山绝顶；在曼谷富丽堂皇的泰王宫前驻足，于狮城赤道边上的空调屋里寄寓……我将神州大地的山光水色、异国他邦的风物民情录入所作的并不完美的诗文。我的作品没有印下你的署名；你却为每一篇出世催生。在沉醉于游山玩水的乐趣之中时，我没有忘却献给你一首《同游汉阳古琴台赠内》："尘海知音长做伴，何须重访古琴台。"

我的视力模糊了。每当出门，你挽着我的臂跨过斑马线；逢有远行，你牵我的手步上登机桥。你笑着说，愿做我的活手杖。你的记忆衰退了，我帮你想起唐太宗的史迹，苏东坡的生平。我回应说，乐于做你的活字典。

我不相信人有来生，能和你相伴此生，已经是造化最惠的厚爱。但我相信，金婚并不一定是人生最后的一次辉煌，前面我写这句时加了"也许"二字，就是对这个命题的疑问。你看，并不遥远的钻石婚[1]，正在等着我俩进入她的璀璨光圈。我也盼望人真的会有来生，生生世世，我都和你相携而行，相伴而行……

[2012年8月初稿于病中，2013年4月改定于宁波]

① 结婚六十周年为钻石婚。

往事钩沉忆贤亮

来时骤雨去时风，落花飘萍偶相逢。

待到梦回夜已残，水中唯有月朦胧。

上面的诗是张贤亮赠送给我的他的一幅书法作品，诗也是他的创作。经过装裱，悬挂在我的卧室里，好多年了，直到现在。而今，物在人亡，对之，潸然泪下。贤亮走了——永远地走了！中国文坛上空的一颗明星陨落了，宁夏当代文学苑圃中最亮丽的花朵凋谢了！镇北堡西部影视城披上黑纱，文坛内外为之呜咽。

我知道宁夏有张贤亮其人——并且是个文人，已经半个多世纪了。20世纪50年代末，我大学毕业，分配到宁夏工作。学文学的人每到陌生之处，总想了解些当地文坛的情况。不久就听说银川地区干部文化学校有个名叫张贤亮的教员，因发表了一首新诗《大风歌》而被划为右派，遣送在某农场劳动。当时知道的信息仅此而已，不过贤亮其名及划右的事，却一直留在我的印象里。80年代初，读到重新发表的《大风歌》，才知道是一首好诗。60年代开始时，文艺界的气氛一度比较宽松。有一天，我忽然在《宁夏文艺》(《朔方》的前身）上看到张贤亮的一首诗，标题是:《在碉堡的废墟旁》，是写人们劳动的。具体诗句不记得了，但觉得流畅而富于诗意。我为作者能够复出感到庆幸。谁知“复出”仅仅是昙花一现，张贤亮的名字又从报刊上消失了。“文革”中，大批判也涉及《在碉堡的废墟旁》，说是“右派分子歌颂劳改犯的劳动”，不过不是重点批判对象。

话说到了1978年冬，“伤痕文学”初露身姿。《宁夏文艺》的小说编辑杨仁山从小山似的稿件堆里淘出了一篇张贤亮的《四封信》，如获至宝，认为是一大发现，在编辑部内传阅，并于1979年第一期刊物上发表。我心里清楚，这是“出土文物”，拭去尘埃后的重新闪光。此后的两年间，《朔方》用头条地位连续刊载了张贤亮的七篇小说，包括驰名海内外、并获得全国大奖的《灵与肉》，打造了作家最初的辉煌。大约于他的第二篇小说《四十三次快车》（题名个别字可能记得不大准确）在《宁夏文艺》刊登前后，张贤亮来过编辑部一趟，我初次见到其人：约摸一米八的高高个子，穿着蓝灰色干部服，虽然一身风尘，却不失清雅潇洒的气度。他在《朔方》发表的第四篇小说《吉普赛人》，老一辈著名作家吴组缃读了后大加赞赏，写信给我说：“作者(指张贤亮)很可能成为大作家。”先生的预言不久果然验证。1984年12月，中国作家协会在北京京西宾馆召开第四次代表大会。组缃先生以七十六岁高龄，亲自乘电梯来到我们的住处(记得是六楼)和贤亮相见，晤谈良久，显示了前辈作家的爱才心切。

从20世纪80年代起，贤亮和我供职于同一单位，一度还比邻而居，分别住在一个单元的四楼和二楼。业务上接触也很多，但私交却颇为疏阔。原因主要在我的矜持和狷介——不想借用月亮的清辉来照亮流萤的世界。但也不是完全没有个人交往，前面说的书法作品便是一例。我并未向贤亮求字，是他主动赠送我的。那首诗意象朦胧而优美，多隐喻和暗示，不容易解读。第二句也许象征我们相识的偶然性吧，诗带些伤感情绪，有现代诗的味道；但它不是现代新诗，也不是近体七绝，而是一首古绝句，或者可称之为新古体诗。

贤亮有时也常和我做些调侃。他初到宁夏文联时，我正主持作家协会的工作。他开玩笑地对我说："你永远是我的领导。"玩笑只是玩笑，后来的情形和玩笑适得其反，也是很自然的事。有好几次，他在同仁们面前笑着说："60年代我在农场劳动时，每逢节日，就看到《宁夏日报》上登有老吴的一首诗，或者一篇散文。"当然，雅谑而已；说的倒也是实情。记得还有一次，为一件业务，晚上我到贤亮家（其时，彼此的寓所已有相当的距离），他正为某事心情很不愉快，因之，接待我比较冷淡。我知其事，对此也就没有在意。第二天上午，他忽然来到我家，解释头一天晚上慢待的原因，并向我致歉。这可以说是贤亮不愿伤害别人的一种善良本性的显现。他常说："文学就是教人善良的。"此话可以作为斯人性格的一个印证。

记忆里还堆放着一大摞照片，这里只能选择几张稍作图说。

1981年5月，上海一家电影制片厂的编导人员到银川筹拍张贤亮的小说《灵与肉》（影片名《牧马人》），我负责接待工作。公余留下了一帧约六寸大的黑白合影，上面五个人一排儿站着：导演谢晋居中，它的两边是作家李凖和宁夏文联主席石天，右一为贤亮，左一是我。而今，其中四人皆已物故，只剩下我"硕果"仅存了。此照片我至今珍藏，准备复制后捐献给有关部门。第二张却是彩照，摄于1991年，也是5月。画面上，贤亮和我从头到脚都着的是全套煤矿工人服装，在矿井暗淡的灯光下席地而坐，和矿工朋友交谈，照片显示，贤亮满面笑容，谈得很投合。这是我们共同深入生活的一个证见。还有一幅是1996年10月在宁夏作协为我举办的创作生活五十周年作品研讨会上拍的。贤亮与我并肩坐着。他在致辞中说："有关方面对淮生同志文学创作的扶持投入很少，而他为宁夏文学事业和自己的创作却出力很多。"（大意）他的话也许是一种主观感觉，倾向性有余，准确性不足。事情并非完全如此。但他对我的关注，则感动和温暖着我。

同是1996年1月，《广州文艺》杂志托我代为向张贤亮约稿，张应之。一个月后，他拿出一篇散文：《宫雪花现象》交我寄去，于该刊4月号揭载。作品写的是作者和一位颇为引人注目的女性的正常交往，不料刊出之后，批评和质疑立即纷至沓来。我是原稿的第一个读者，觉得作者是故作惊人之笔，写得很俏皮，有休闲型，也有正面意义，在政治和道德的层面上并无什么问题，行文没有出格之处。贤亮的作品，向来是研究的热题，本无须我来评论。因为这篇散文的面世与我有关，我遂不能已于言，写了一篇《我看〈宫雪花现象〉》，表达我的上述观点。从写作到发表前，张贤亮都毫不知情；刊登以后，他也许看到了，但从来没有和我说起过此事，现在，永远也不知道他对我文的看法了。

纷纭的往事淹没于流光逝波之中，于今钩沉出来，星星点点，都化作了此日沉痛悲伤而又温馨感人的回忆。

我和贤亮神交二十年（彼此知道姓名），相识相交三十五年，始终是君子之交的文友，淡如清水，但无杂质，没有受到任何世俗的浸染。他尊重我年纪稍长，谬赞我"有学识"；我钦佩他的创作才能，欣赏他那许多动人心弦的作品。现在，贤亮走了，走进历史，步入永恒。将呕心沥血写下的部部作品留在人间，把精心建构的西部影城赠给朔方大地。我哀从中来，情何以堪。悲哉，悲哉！我得知贤亮的噩耗后，以商籁体和顶针格相结合的形式写了一首悼诗，未及发表，兹录在这里，再悼贤亮：

哭贤亮(商籁体)

你的凶音在我的心灵上颤动
颤动的明星向夜天深处逝消
逝消不了的泪水送你走了
你走了,来时骤雨去时风

风轻轻陪伴你这只不死鸟
不死鸟振翅天空,飞向永远
永远的许灵均长住受众心田
心田里河的子孙耕耘辛劳

辛劳,你竖起影城丰碑一座
一座荒堡,你出卖给文化神奇
神奇风流——不朽的立体小说

小说脱稿,你静静地安息
安息在那遥远缥缈的天国
天国里,可听见下界有人哭泣?

[2014年10月4日]

卷四　文学评论

关于散文的断想

幼读散文，长作散文亦兼而读之。唯既乏功力究其理论之高深，复少余暇作探幽烛微之努力。而流光已逝，迄今无成。然或读书间有所拾，或枯坐偶作断想，择其有关者记之。散文之园繁花乱眼，我只能撷取数片。今稍作整理，以就教于贤者。

一

在文学之苑中，散文是蔷薇花。她不像可喻为小说的牡丹、玫瑰、绣球、月季那样大红大紫、热闹非凡；也不似可以喻为诗的荷花、水仙那样冰肌玉骨、超凡脱俗。她是一位性情最随和的艺术女神。她可以和任何一位作家携手偕行；她也可以向任何一位读者敞开心扉，娓娓而谈。她是文中散仙，随遇而安。

如果把小说比喻为人生的长卷，散文便是人生中的一些永远值得记忆或玩味的片断。倘使是漫长而平庸的人生，则何如一个电光石火的片断。

小说是都市中的大厦华堂，诗是刻意营造的精美园林，散文是乡村的朴实田野。

小说是正品，诗是精品，而散文呢，就应该是逸品了。

有人说：散文的叙事部分将为小说所替代，抒情部分将为诗所替代。作为一种文体，散文必将走向衰亡。

此论“高”矣，但我未敢苟同。

且以电影来打比方。小说是它的人物和故事，散文是它的特写镜头、远镜头和空镜头，诗是蒙太奇，各有其艺术功能，谁也不能取代谁。

就叙事而言，小说的叙事，是人们手中拉长了线的风筝，散文是断线风筝。从抒情来看，诗是湍急的河流，散文是平缓的湖水；诗是单孔喷泉，向外激射，散文是洒壶浇水，四下散射。

有一种拙劣的小说，算小说而为人讥诮，于是也来混迹于散文之林，是伪散文，应当将它从散文的行列里开除出去。散文，绝不是“二等小说”。

在唐朝，人们决不会将任何一篇传奇小说与柳宗元的散文《捕蛇者说》混淆起来；同样，在今天，也必须而且可以将任何一篇小说与叙事散文区别。

散文诗其实也就是微型的抒情散文；是提纯了的抒情散文；是散文化了的诗，是诗化了的散文；是散文与诗之间的边缘文学体裁。可以植入诗的花园，也可以归诸散文之苑。

但如上所说，散文的抒情与诗的抒情还是有明显区分的，不仅是无韵与有韵、不分行与分行之别而已。

中国的散文源远流长，即便从狭义的散文来说，庄子的《逍遥游》也就够古老了吧。散文经过数千年发展演变，并没有被小说溶化；相反，却于现代有更大的发展，据此，散文今后当然不会被小说更替。散文自由放任，如失羁之马；诗囿于韵律、节奏、字行，二者绝不相类。后者何能取前者而代之。

二

当今，似乎是小说的黄金时代，而散文却是寂寞的。于是，文坛内外或嗟叹散文之不景气，或责备散文之未充分反映时代的声音。然而，这些惋惜和批评之言未必中肯，未必尽然。

小说和散文是两种文体，不能类比。小说随俗，散文崇雅；小说雅俗共赏，散文曲高和寡。它们的作用各不相同，不能简单地以“票房价值”来定优劣。倘若拿“票房价值”作为评判文学价值的唯一标尺，那么，张恨水就要驾鲁迅而上，柯南道尔、克里斯蒂也要超越托尔斯泰而在文学史上执牛耳了，岂不成了笑话！有的人爱用“洛阳纸贵”来喻作品价值之高，不知造成“洛阳纸贵”的左思《三都赋》偏偏是文学史中价值不高者。悲夫!

毋庸讳言，今日文坛，重小说，轻散文的倾向甚为明显，仅举一例为证：长、中、短篇小说和诗均举行全国评奖，短篇小说评奖一届，中篇小说三届，诗三届，唯独散文至今未见全国评奖之影，不亦怪乎!

那么，当今的散文是不是没有很好地反映时代精神呢？我看不是。第一，如《花园街五号》《男人的风格》等鸿篇巨制固然可以绘出我们时代的壮阔画面（其实也只是一个侧面），一篇两三千字、千把字甚至几百字的散文，也可以反映时代风云于一鳞一毛。集篇成册，也就蔚为壮观了。第二，“大江东去”当然能显示社会主义现代化建设的气势，“花好月圆”不是也可以表现社会主义生活的幸福美好吗！第三，山水游记，花鸟虫鱼，今天能够无顾忌写出来并得以发表，不正是体现了贯彻“双百方针”的、我们的时代精神吗!

有人斥责“遇花动心，见山抒情，触新忆旧，睹物思人”是散文的“老面孔”。但是，茅盾的《白杨礼赞》、杨朔的《茶花赋》难道不是遇花树而动心的妙品！菡子的《黄山小记》难道不是见山而抒情！我们总不能说陈白尘的《云梦断忆》不是“触新忆旧”吧；而巴金的《怀念肖珊》却正是典型的“睹物思人”，“面孔”何“老”之有？散文创作中，“老面孔”、老套子是有的，但和上面所引的十六个字绝不是一回事，再说，离开了这十六个字，散文不是失去了相当一部分吗!

但是，散文家要有甘守寂寞的精神。

三

散文中应当有“我”，有“我”，我感于事，由感生情，有“我”，文蕴个性，风调各殊。这样，作品才能成为“这一个”。

有“我”，如春花满树，无“我”，似枯木朽枝；有“我”，若春游少女，翩然于公园之中，无“我”，像时装木偶，呆立于橱窗之内。

近人王国维在《人间词话》中将词的境界分为“有我之境”和“无我之境”两种；并以“泪眼问花花不语，乱红飞过秋千去”为前者佐证；“采菊东篱下，悠然见南山”为后者之例。其实，两者都是“有我”之境，不过一个显一个隐罢了。

这个显隐之象，也见之于散文。鲁迅的《风筝》、郭沫若的《梦与现实》中，“我”很明显，由“我”的经历、“我”的见闻、“我”于一物一时的独特感受而抒情，故情真意切，深挚感人。高尔基的《海燕》，从字面上看，通篇无“我”，但“我”却在文中，处处洋溢着作家对革命者的赞美之情，全篇响彻作家对革命暴风雨的热烈呼唤。作品体现了社会主义现实主义文学奠基人高尔基在1905年革命前夕独特的感情和心境。

散文中有“我”，理当抒“我”的革命之情，这是抒情散文的主流。前文所举的《海燕》《白杨礼赞》以及刘白羽、杨朔等作家的名篇莫不如此。

散文中有“我”，也可以抒一点个人之情。只要这种情无害于他人，无悖于社会。朱自清的《背影》、冰心的《往事》，毕竟成为了现代文学史上的散文名篇。

当然，抒个人之情只是散文中的一个细小的支流，并且只有和人民的感情相通，才能获得普遍的、时代的意义。

四

散文的章法变化千端，枝叶万状，春兰秋菊，各呈芬芳。在散文的疆土上，有起伏跌宕的峰峦，也有迂回逆折的深冲，有月夜婆娑的花影，也有玉盘中的断线珍珠……

有一种放射性的结构，即从一点出发，把艺术思路向四面八方抛散出去。如发光之源，向周围辐射万道金线；似渔人撒网，捞去湖海风波；像天女散花，洒红雨缤纷于纸上。

也有一种聚合性结构，说的是先从许多侧面去写，最后聚合到一点上。像行星拱日，受制于太阳引力；如渔人收网，鳞甲尽在其中；似巧女绣花，将纷乱的彩线织成锦绣。

还有一种单线条的结构方法，也未必逊于前者。这种方法的特点是，单线发展，顺序叙写，视作品的内容与境界，或如明洁山溪，淙淙长流；或如壮阔江河，奔腾东去。

以上所说，不过是散文章法中的荦荦大端，它如时空交错，韶光倒流，梦境迷离，纵横交织……不一而足，变化无穷，绝不能拘于一款一式，一格一套。

前已略为提及，散文创作中的模式和套子也确实是有的，如以一种事物来象征某一种人或某种精神者即是。这种方法开初并非是模式和套子，而富于创造性。但到后来，不是感于事物而动乎真情，感情既虚假，又想走"捷径"，不思创新，争相模仿，滥用象征，便渐渐成了模式和套子。用白杨来象征革命人民与革命战士傲然挺立的形象和他们坚韧不拔的精神是茅盾首创，也是天才之笔。如果别人也来一个"仿生学"，再炒一遍冷饭，则无论仿得怎样惟妙惟肖，炒得如何看来似香甜，也只能以"庸才"

之冠奉之。

但绝非说，白杨已为文学大师茅公所专有，别人再不能写。你完全可以再写一篇《白杨礼赞》，读者只有一个要求：别出心裁而已。朱自清和俞平伯各自写的同题散文《桨声灯影里的秦淮河》，都是现代文学史上的散文名篇，它们为同一题材的不同写法、散文的独创性提供了成功的范例。

春兰秋菊论章法，不拘一格作散文！

［1986年秋］

除却巫山不是云

——冯剑华《爱情的故事》赏析

新年甫过。在《朔方》1月号上，冯剑华女士就将一组散文《爱情的故事》呈献在了读者的面前。

标题固然浸渍着玫瑰色，但文中并无浓得化不开的重紫厚朱，却透露出从经历过的爱之沧桑里流溢的淡淡的哀愁。读来似帘内看花，分明而又朦胧；如月夜听箫，凄婉的清韵在耳；像口含橄榄，咀嚼而余味悠然。读罢掩卷，或许可以触发你感悟某些人生的哲理。文前那张作为题头画的“月亮”的照片，情调与作品相谐，气氛和文章相融，也给人以美感。

说是一组，总共不过五千来字，每篇却都包含了主人公从青年到中年的二十几载时间跨度。艺术概括力不能说不强，作者以女性细腻的感应神经，敏锐的心灵触角和中年作家的人生体验，传达出了爱情长链上各个环节的况味：《邮包》写误了的少女爱情；《月牙儿》是对没有成功之爱的回想；《潭》显示着花好月圆后的平静；《情殇》呢，则是好梦的悲剧惊寤。用一句眼下时髦的话来说：作家多侧面地对爱情进行了整体的审美观照。

你看，那些邮包和信一次次寄来，又一次次被“她”退回去，是少女的羞怯掺和着自尊吗？那么“她”为什么又留下一方手帕、一颗花生、一粒水果糖呢？可是少女心湖里萌生的对爱情纤弱的憧憬，抑或是回报寄邮包者一丝所能给予的慰藉？也许“她”的心态确实很复杂很微妙，说不清楚；但有一点是清楚的：这一切都涂抹着东方文化心理的色彩。

《邮包》用“在她如花的年龄时，她不知道什么是爱”开篇；以“年近不惑的时候，她才明白”她曾经“丢掉了什么”相应：引老舍《茶馆》的两句台词结束：“当年有牙，可没有花生米；如今，花生米有了，可没有牙。”结构完整而精致，意思尤为含蓄蕴藉。

读了这余音绕梁的结尾，我仿佛听到“误了的爱情”在叹息；它引发我想起了唐朝女诗人杜秋娘的两句诗：“花开堪折直须折，莫待无花空折枝。”这是不是也是《邮包》向读者传送的心音呢？

“没有得到的，才是最美的。”《月牙儿》一开头，就用这哲理式的警句，把读者引进了一个过程，一个没有结局的爱之过程。然而，这过程却模糊而不明晰，抽象而非具象，显示了作者大幅度剪裁的艺术功力。因为作品的精魂并不在这过程中，而蕴藏于对没有结局的初恋之美好的回忆里。

一个没有结局的梦永远令人回味。因为，“在他的心中，你永远是当年的你；在你的心中，他永远是当年的他。”因为，“今生今世，在你的心中，永远有他的位置；今生今世，在他的心中，永远有你的位置。”

“伤心桥下春波绿，曾是惊鸿照影来”。宋朝诗人陆游倘使没有和唐琬中途离散，能写得出这样伤感、痴情而又充满美好回忆的诗句吗？

“也许，正因为没有得到，才成为最美的。” 文中反复吟唱，相互呼应的这句话兴许就是《月牙儿》的精魂罢。

文中的“你”说，月牙儿比满月更富于诗意。我想也是，因为，它留下了大半轮影子供人想象，诱人憧憬，引人回忆……

许多人都有过未成功的初恋，愿《月牙儿》领着他们和她们去永远珍藏、不时重温那一页美好的记忆吧。

下一个该是“满月”的故事了。

她和他，性情绝不相同。“忽然有一天”，“却是真的‘好’上了，且中学毕业不久就建立了家庭”。花好月圆，一切都是“平静、安详、满足”。于是，一轮圆月化作了一眼无波的《潭》。直到二十多年后，文中的“你”再见到他和她时，依然如此，并且还将继续“如此”下去。

像蹦蹦跳跳的小溪一样的“你”，与潭也似的他和她，形成了鲜明的反差。于是，剑华女士问道：“是小溪该去羡慕潭水，还是潭水该去羡慕小溪？”

文章答曰：“你说不清。”作家有意用了这个模棱两可的结束语，自然并未作答，而是出了一道绝妙的试题，催读者去猜，去想，去答。

我终于抑制不住地来应试了。

潭拥有了自己想得到的东西，美满而自足。有人羡慕它的平静、幸福；有人却惆怅于它满足后的平庸、空虚。

小溪经常为追求理想的归宿而蹦蹦跳跳。有人说它因找寻不到归宿而烦恼，有人却称赞它永远充溢希望。

亲爱的人们哪，你们是愿作山间的潭，还是想作奔流的小溪？就随你们自己的意愿去选择吧，我衷心祝你们各得其所。

这就是我的答卷，不知能及格否？

如果说《潭》是如愿以偿、心满意足后的平静无波，那么《情殇》便是历经跋涉、攀上峰巅后的骤然跌落。散文第一句报道的“素的死讯”，响起了跌下深谷时令人心悸的声音。

令“你”惊骇、令“你”迷惑不解的是产生那跌落声音的原因。

“你”的女友素从少女时候起就如醉如痴地爱恋着有妇之夫的他。由此引起的素的遭遇是可以想见的：屈辱、磨难、等待……整整十年，三千六百五十多个青春美丽的日子大江东去了。二十七岁的素终于奇迹般地得到了离了婚的他，这回该是珠联璧合了。然而不然。又过了三千多个或者四千多个日子，却突然传来了素从山顶跌落、自杀身亡的噩耗。

这一切奇怪吗？奇怪，也不奇怪。

愈是难以获取的，愈是想占有它；越是想得到的，宿愿一旦得偿，发现原来不过尔尔，或竟如文中所说，和昔时的期望“大相径庭”，那一份失落感就越浓烈。这也即是导致素从高山坠落、琴弦绷断的原因。

也许，并没有高山，那不过是素在跋涉时的假想而已。作者用从远处近处看海市蜃楼来状写主人公的心境，可谓是素的知音矣。而深谷却是实实在在的，素的死亡是它存在的证明。

文中还有些令人遐想的意象，比如，素的家里那白色与绿色，是着意写的，它们象征什么，还是留给读者联想的天地为好。

《爱情的故事》到这里就读完了。它淡雅、高洁，意象蕴含哲理，深沉留有空间，是诗化了的散文，也可以说，是用散文形式写的诗。非对人世、悲欢、爱情三昧有深刻体察，对文字艺术有挥洒自如的造诣者，不能达到如《爱情的故事》这样炉火纯青的程度。

十几年乃至近二十年前，我就读过剑华的散文，她最早的《山花朵朵》，以及稍后的《煤城树》《矿山路》等，正如她在《爱情的故事》中说的那样，是她处于“豆蔻年华”时期，在“少的是色彩，多的是苍凉”的“大山腹地”创造出的“并不缺少美的世界”，给山里山外的读者以美的滋润。后来呢？后来她的作品并不算很多，而美感却与日俱增，艺术境界也随人生经历的积累而不断升华，少了稚嫩气，多了深沉感。以至现在——一曲《爱情的故事》，内容不见肤浅，风格洗尽浮华，也没有文字上的矫揉造作；而是潜沉、委婉、隽永，耐人寻味。它是“度尽劫波”后的境界，人生经验的结晶。

写到这里，我又想起了另一位唐朝诗人元微之的名句：“曾经沧海难为水，除却巫山不是云。”我以为，可以用这两句诗给《爱情的故事》做一个注脚和笺证。于是，择其后面一句为拙文的标题。

［1991年3月14日之夜于银川湖滨］

关于文学本体论的哲学思考

——兼评《哲学对“再现论”的全盘否定》及其续作

这是一个容易使人迷失的世界，又是一个能够清醒地认识和诠释的世界。

从中国远古时期原始型二言诗，希腊古代的神话与史诗，到后来的创作方法上林立的流派，诸如古典主义，现实主义（包括批判现实主义、社会主义现实主义、革命现实主义），浪漫主义（包括积极浪漫主义、消极浪漫主义、革命浪漫主义），自然主义，以及形形色色的现代主义及其作品，构成了一个色彩斑斓、光怪陆离、充满神奇魅力的文学世界。使人望之惊叹不已，遨游其间则流连忘返。站在这个文学世界面前，人们不能不提出这样一个问题：文学到底是什么？即，文学的本质或本体是什么？

古今中外，答案何止千百！但从哲学意义上来考察，这些不胜枚举的答案，可以归纳为唯物论的文学观和唯心论的文学观两大派别。而只有马克思主义辩证唯物论的文学观，才对文学的本质或本体作出了正确而科学的阐释。

辩证唯物论关于存在决定意识，意识反作用于存在的能动的反映论观点，是马克思主义文学理论的哲学基础。文学的本质或本体，归根结底，要从它和现实的关系来说明。

1942年，毛泽东对文学艺术作品有一段阐述：“作为观念形态的文艺作品，都是一定的社会生活在人类头脑中的反映的产物。革命的文艺，则是人民生活在革命作家头脑中的反映的产物。”[①]这是迄今为止关于文学本体的最为精确而科学的定义，对五光十色的文学世界，作了本质而抽象的哲学概括。古往今来的一切文学作品概莫能逸出它所界定的范围。就以古代的神话来说，看似横空出世，超凡入圣，实质上是人类童年期的社会生活的反映的产物。诚如马克思所说：“希腊艺术的前提是希腊神话，也就是已经通过人民的幻想用一种不自觉的艺术方式加工过的自然和社会形式本身。”[②]后来的神魔鬼怪小说，则更是作家有意识地将反映在自己头脑中的社会生活披上一层神奇诡秘的外衣，这一点自不待言。至于那些稀奇古怪的现代派作品，像奥地利的表现主义作家卡夫卡的小说《变形记》、美国后期象征主义诗人艾略特的长诗《荒原》、法国荒诞派戏剧作家贝克特的名作《等待戈多》……确实是扑朔迷离，荒诞不经，令人费解。但拂去笼罩在作品表层的重重迷雾，究其实质，也莫不是某种社会生活在作家头脑中的反映而产生的，只是创作主体的能动作用，如哈哈镜一般，将被反映的生活加以歪曲和变形而已。

这些文学现象，都毫无例外地证明了能动的反映论的原理，本来是没有疑义，不成其为问题的。

然而，在前几年中，作为文学理论哲学基础的能动的反映论却受到了挑战。一些人们，一方面否定能动的反映论，说它“过时”了，它对文学创作的论证是“低层次”的，等等，一方面强调艺术感觉、直觉、潜意识，排斥理性的作用，提出了“宣泄论”“自我表现论”以及与此相关联的种种论调，企图取代反

① 毛泽东：《在延安文艺座谈会上的讲话》。

② 马克思：《〈政治经济学批判〉导言》，《马克思恩格斯选集》，人民出版社，1972年，第二卷第113页。

映论。

在文学创作中，艺术感觉自有其不可忽视的重要作用，但它包括直觉在内，总是受理性支配的。卡夫卡的《变形记》写一个人忽然在一个早上变成了大甲虫，逐渐遭到亲友的厌弃。艺术感觉不可谓不新鲜、不敏锐，但仍然基于这样一种清晰的理性：借助变形来表现资本主义社会下人与人的关系之冷酷和那个社会对普通人的压抑。说艺术产生于潜意识，是弗洛伊德精神分析学说在文学理论上的翻版。弗氏精神分析学说在心理学和医学上有其不可磨灭的价值，但移用于文学而产生的“潜意识说”却是明显的唯心主义。这些都不在本文的讨论范围，这里只是顺便提及，不再赘述。

所谓“宣泄论”，认为文学的主要功能，文学之所以为文学，即文学的本体，就是宣泄感情。

文学能不能宣泄感情呢？当然能，以情感人，可以说是文学的重要特征之一。但感情是属于精神世界的东西，是第二性的。文学只有在真实地反映生活（通过作家的头脑）的基础上，才能充分地宣泄创作主体的感情。人的感情世界是十分丰富复杂细腻的，而概略地划分大抵是爱与恨。毛泽东说过，“爱可以是出发点，但还有一个基本出发点。爱是观念的东西，是客观实践的产物。我们根本上不是从观念出发，而是从客观实践出发”[①]。把宣泄创作主体的感情，作为通过主体的中介而被反映的客体的一个补充部分，或者看作是反映客体时的主体的能动部分之一，正是能动的反映论作用于文学的一个特征。而如果把宣泄感情和反映生活对立起来，认为前者是文学的本质内涵，主要功能和基本出发点，那就不能不陷入唯心主义的谬误。而“宣泄论”却正是

① 毛泽东：《在延安文艺座谈会上的讲话》。

如此。

从反映方式上来反对能动的反映论的一种主张是：否定“再现”，强调“表现”。这些论者说什么“再现的艺术是一种初级的、低级的艺术——甚至不能称之为艺术而只能称之为技艺”。更有甚者，竟至于根本否定“再现的艺术”这一命题的存在。

所谓“再现”，就是指用艺术形象图画式地再现社会生活。它是创作主体运用能动的反映论在对生活进行审美观照过程中反映客体的方式和状写客体的手段。所谓“表现”，就是在作品中传达主体的意识即思想感情。从能动的反映论的观点看，“再现”是“表现”的基础和前提，两者又相辅相成。表现附丽于再现，又升华自再现。

文艺理论刊物《百家》，在1989年第3期和第5、第6期合刊上，先后发表了同一作者写的两篇文章：《哲学：对“再现论”的全盘否定》（以下简称《否定》）和《第二世界—续〈哲学：对“再现论”的全盘否定〉》（以下简称《第二世界》）。仅前文的标题和后文的副标题就表示了作者反对“再现论”的鲜明倾向。

《否定》一开头，作者就以揶揄的语气写道：“在中国，几乎官方化和法律化了的文艺理论体系中，‘再现论’是一支不可动摇的力量……它口口声声地说：艺术是对客观的再现。”紧接着，作者用疑问句式提出了挑战：“然而，事实上它果真能够成立吗？”不言而喻，作者的答案是否定的。文章倒是将对“再现”和“表现”之争的视点放到了哲学的角度上，不过这是一种唯心主义哲学，作者这样做的目的是为了彻底否定“再现”。全文的中心论点就是：“世界上就只有表现的艺术，没有再现的艺术。‘再现’这一术语从根本上讲，就是不适宜引入文学艺术领域的——从一开始就是一个失误。”这是《否定》中的原话。文章的论证过程大致如下：人们所看到的客观世界并非是它的本体，而只是它的表象——表象世界，艺术则是表象世界的表象——第二次表象。人们获得的关于客观世界的表象只能是粗略的和残缺的：艺术复印这个表象世界就更加“大错特错”了。作者以一条河流为例，认为人们看到的河流只是它粗略残缺的表象;阳光下和晦暗天色下的同一条河流，因光线变化而外形变化，就不是同一条河流。于是，作者的结论是：“从某一种意义上讲，世界上并没有河流存在。”（着重号是原有的）

按照《否定》的“逻辑”，从“理论”上讲，艺术既然只是“表象世界的表象”，而且是“大错特错”的表象，从“事实”看，世界上又根本“没有河流存在”，那么，艺术再现客观世界自然是不可能了。所以,世界上“没有再现的艺术”。

乍一看，《否定》一文有论有据，头头是道。但可悲的是这一切恰恰坠入了唯心主义的不可知论和诡辩论中去了。

第一，辩证唯物论认为，客观世界的本质和表象是统一的，密不可分的，它实质上就是客观世界自身。把表象和客观世界及其本质割裂开来，并以所谓“表象世界”名之，是一种形而上学的观点。

第二，艺术再现客观世界，并非是翻版式的复印和百分之百的全方位；而是由创作主体意识的选择，再现其一部分或一方面（包括表象和本质）。列宁说过：“承认自然界的客观规律性和这个规律性在人物的头脑中近似正确的反映乃是唯物主义。”[①]请注意，列宁在这里说的是“近似正确”，并未要求人的头脑的反映和自然界客观规律性完全相符，丝毫不差。我认为这个“近似正确”包含了以下的要点：一、反映了客观世界的本质;二、反映

① 列宁：《唯物主义和经验批判主义》，转引自钟子翱编《文艺学概论》，北京师范大学，1957年，第13页。

了能够体现客观世界本质的那些表象；三、溶进了反映者主观世界的能动作用；四、说明了人对客观世界的认识是不断深化的，而非一次完成的。作家（反映者)通过塑造艺术形象将符合这些要点的特定的社会生活内容诉诸笔端，就是艺术地再现了客观世界。反之，对客观世界本身视而不见，或避而不谈，却热衷于大谈“表象世界”的残缺不全和“第二次表象”的“大错特错”，实际只不过是臆造出一些幻影然后自己又加以否定罢了。

第三，艺术规律本来是：客观世界（包括本质和表象）——由作家的反映而再现了客观世界的艺术世界。而《否定》开列的却是这样的公式：客观世界——“粗略残缺的表象世界”——“表象世界的大错特错的表象”（即艺术世界）。在客观世界和艺术世界之间，凭空添了一个“表象世界”，于是，艺术只能拙劣地、“大错特错”地抄写那个本来就是“粗略而残缺的表象世界”。而客观世界呢，变成了看不见、摸不着的“自在之物”“物自体”，根本不能被人脑反映和艺术再现。《否定》就是这样自愿地走进了不可知论。

第四，辩证唯物论从来认为，客观世界处于不断的变化之中；但在一定的时间内和一定的条件下，又具有相对稳定性。这就是事物量的渐变性和质的规定性。然而，《否定》却完全违背了事物在一定时间内的质的规定性这一辩证唯物论的原理。它将一条河流和周围环境的联系相分离，将这条河流在不同光线下的变化说成并非是同一条河流，进而断言客观世界中“并没有河流存在”（虽然，作者在这句话前面加了一个“从某种意义上讲”的限制语，但并未改变它的实质含义）。这实际是一种诡辩论，与“白马非马”毫无差别。因为，尽管将这条河流从它与之相联系的周围环境中抽出来加以描绘，或者描绘河流及其所处的部分环境（不是，也不可能是全方位描绘），尽管在不同光线下河流有变化，但它质的规定性还在，还是这条河流，怎么能说已经不是这条河流了呢！它还具有河流的本质，怎么能说“并没有河流存在”呢！

如果说，《否定》一文还披着“表象世界”“表象世界的表象”等貌似唯物、似是而非的外衣，那么，在《否定》的续篇《第二世界》中，作者就毫不隐讳地亮出了自己的主观唯心主义的旗帜：“人类之所以创造了艺术，是因为人类的天性：精神欲。与生俱来的精神欲，使人类必须创造艺术这一精神形式。”“精神欲作为一种形式是先天的，并不是后天的。”“看来，把艺术产生的直接原因说成是人类的精神欲似乎更合理一些。”这几段文字也都是《第二世界》中的原话，笔者征引时一字未易，连着重号都是原有的。鉴于该文很长，不能、也无必要将每段话的前后文一一具引。好在上述引文均独立成句，表达的意思都很完整，笔者绝非断章取义。这些话其实不须任何诠释，一望而知其为唯心主义，但为了烛其谬误之无可遁形，且对“精神欲”略作剖析。

人类的欲望可概而分为物质欲和精神欲。最单纯的物质欲可以说是与生俱来的，那是为了生存的需要。如人自呱呱坠地就有食的要求，也可说是本能吧。人类最原始的物质欲和其他动物一样，是寻求食物；但和其他动物根本不同的是，人类是通过劳动来获取食物的。人类在为了满足自己生存需要的物质欲望而劳动的过程中，差不多和劳动产生的同时，萌生了意识，即精神，然后，逐渐产生和发展了包括艺术创作欲在内的精神欲。从本质上说，精神欲是物质欲在人类头脑中的反映与升华，是一种有意识的欲求，原始人的岩画与歌舞的内容和形式都是明证。精神欲是人类意识反映客观而派生的，是后天形成的。其理朴素浅显，但《第二世界》偏偏将精神欲说成是“先天的”，“与生俱来的”，是人类的“天性”。其目的无非是为了说明艺术创作的“先天性”。艺术创作←精神欲←天性：这就是《第二世界》的公式。为证明这个公式，作者在文中举了一个5岁孩子将他所知道的词语打乱重新组合为一首诗的例子。但所证明的正好是相反的道理——艺术创作的后天性。因为5岁的孩子对周围的世界已经有了一些认识，他使用的词语，都是后天从生活中学来的。试问，这个孩子倘若从来没有听见过别人念诗，会有做诗的想法吗？他能用他根本没学过的词语组合成诗吗？国外许多例“狼孩子”连话都不会说，他们会有艺术创作的精神欲吗？作者自己举例否定了自己，这就是《第二世界》唯心主义的面貌。

［1991年9月19日改定于银川］

我国现代美学和文艺理论之滥觞

——试评王国维的文艺观

近读荆竹著的《学术的双峰》（宁夏人民出版社2008年版），深有所得。本书共两卷：《王国维叙论》和《陈寅恪叙论》，洋洋30万言，分别而全面地叙述阐论了两位国学大师的生平、思想和辉煌的学术成就，是关于两人的很有见地和学术分量的评传。

在《王国维叙论》中，作者对王国维在哲学、文学、美学、甲骨学、考据学、史学、教育学诸方面的成果进行了全方位的深入的考察和研究之后，提出了“王国维是20世纪中国百年学术史上的第一学人”的命题。笔者曾和荆竹先生探讨过和王国维同时代的梁任公、章炳麟、蔡元培等人的学术地位问题，共同的看法是：梁、章出道较早，是19世纪中国学术界的最后殿军；蔡元培是杰出的教育家，而王国维则是20世纪中国的第一学人，他于1903年发表的《哲学辨惑》一文，就无可置疑地奠定了这种地位。

《王国维叙论》是对论述对象在众多学术领域的综合的考察研究，我拟在它的基础上对王国维的文艺观做一些具体的探索。

王国维关于文学艺术的论著、创作和译著大致有以下多种：《红楼梦评论》（1904）、《论哲学家与美学家的天职》（1905）、《人间词甲稿》（1906）、《文学小言》（1907)、《人间词乙稿》（1907）、《屈子文学之精神》（1907）、《人间词话》（1908）、《唐五代二十家词辑》(1908)、《宋元戏曲考》(后改题《宋元戏曲史》)(1913);此外,还有《戏曲大家海格尔》《英国小说家斯提逢孙》《莎士比(亚)传》等外国文学的著译以及《咏史》《杂诗》等。这些论著和作品,在20世纪及以后的中国文坛上闪射着耀眼的光芒。

王国维在文学批评、文艺理论和文学研究方面丰硕的贡献主要有以下几个方面:

一、"毫无疑问,王氏是运用西方美学理论研究中国文学的第一人"[①],他在这方面的研究是很广泛的。

"悲剧"是现代文艺美学的重要概念。古希腊就有埃斯库罗斯、索福克勒斯、欧里庇得斯三大悲剧家;莎士比亚也有四大悲剧作品。不过这都是后人对他们及其作品的称谓。到了18世纪末至19世纪,悲剧的内容才在学理上得到充分的论证。黑格尔、车尔尼雪夫斯基对悲剧都有论述。1859年,恩格斯对悲剧给予了经典的定义:"历史必然的要求与这个要求实际上不可能实现。"[②]深刻揭示了悲剧的本质属性。时间不过几十年后,王国维就引入了"悲剧"这一概念。1904年,他在《红楼梦评论》中写道:"《红楼梦》一书,彻头彻尾之悲剧也。""《红楼梦》者,可谓悲剧中之悲剧也。"[③]在《宋元戏曲考》中也论及悲剧。我孤陋寡闻,不敢说王氏是第一个,至少也是中国最早引入"悲剧"一词用于文艺评论的学者之一。自然,王国维对悲剧的理解,决然不可能达到恩格斯所揭示的高度。只是停留在"书中之人有与生活之欲相关系者,无不与苦痛相终始"的表层上。但是,他所论及的《红楼梦》悲剧,其核心应为宝黛悲剧,就其反封建的社会本质意义来说,客观上是符合恩格斯关于悲剧的论述的。

王氏是我国第一个用现实主义和浪漫主义创作方法的概念对文学进行评论的人,这是他对中国现代文学理论确立的又一贡献。现实主义和浪漫主义在文学创作中的实际运用由来已久，可以说自古以来它们就贯穿于中外的文学艺术作品之中。但是，作为两种创作方法正式树起旗帜，却不过只有约160年的历史。19世纪50年代，法国画家库尔贝、作家夏夫列里明确提出“现实主义”的名称。和他们同时代的法国女作家乔治·桑曾对批判现实主义大师巴尔扎克说“你既有能力而也愿意描绘人类如你所眼见的。好的!反之，我总觉得必要按照我希望于人类的，按照我相信人类所应当有的来描绘它。”[4]这段话被认为是现实主义和浪漫主义的分野。“希望”就是理想，理想主义是浪漫主义的基本特征，乔治·桑也被认为是浪漫主义的代表作家。王国维在《人间词话》中说“有造境，有写境，此理想与写实二派之所由分。”[5]在这里，他明确提出了“写实”一词，现实主义旧译写实主义，应当说自王氏始。现实主义并不排斥浪漫主义。优秀的现实主义作品在描绘细节真实，再现典型环境中的典型人物的基础上，往往包蕴着理想的光辉；而积极浪漫主义作品，也总是用理想来照耀现实生活。王国维也看到了这一点。他在《人间词话》中继续论述：“然二者（笔者按：指理想与写实）颇难分别。因大诗人所造之境，必合乎自然，所写之境，亦必邻理想故也。”[6]这里说的“自然”，就是客观现实，在当时来说，这种见解实在是很精辟的。

典型和典型化是文学艺术的中心问题之一，对此王国维也有阐述。在《红楼梦评论》里，他是这样说的：

> 夫美术(笔者按:即文学艺术)之所写者,非个人之性质,而全人类之性质也。惟美术之特质贵具体而不贵抽象,于是举人类全体之性质置诸个人名字之下……善于观物者,能就个人之事实,而发现人类全体之性质。今对人类之全体,而必规规焉求个人以实之,人之知力相越,岂不远哉!故《红楼梦》之主人公,谓之贾宝玉可,谓之子

虚乌有先生可，谓之纳兰容若，谓之曹雪芹，亦无不可也。[7]

在我国，这真是一段从未有过的精彩论述。在上面引文删节号的前面，说的是典型："人类全体之性质"即是共性："贵具体"，乃为个性；"举人类全体之性质置诸个人名字之下"则为共性与个性的统一。当然，对典型内涵的完整论述，还要复杂些，但基本原理，已在王氏的论述中了。引文删节后面的话，阐述的则是典型化的艺术方法。"就个人之事实，而发现人类全体之性质"，即现在所说的通过个别反映一般；而"对人类之全体，而必规规焉求个人以实之"，也就是寓共性于个性之中。这正是艺术典型化的过程。王氏指出，《红楼梦》主人公是用典型化方法创造出来的艺术典型，至于叫什么名字并不重要，那不过是典型形象的外在符号而已。

综上所述，王国维对悲剧、现实主义和浪漫主义、典型和典型化等文艺理念的引入和论述，在今天看来，都是对文学艺术常识的讲解。然而，在20世纪初，当五四运动尚未发轫之时，却是振聋发聩的声音。它使得王氏成为我国现代美学和文学理论的先驱者。

二、荆竹先生在《王国维叙论》中称王氏的《红楼梦评论》（以下有时简称《评论》）是"中国红学史上的石破天惊之作"。所谓"石破天惊"者，乃是谓在红学史上前无古人之作也。我以为这个命题是正确的。有一本《红学史稿》将《评论》称之为"奇文"，意在反讽，全盘否定。我也认为《评论》是奇文，不同的是，取其正面的积极意义。

第一，最早用西方美学和文艺理论研究《红楼梦》。记得当代一位研究《红楼梦》的权威学者曾经说过，王国维是第一个给《红楼梦》以现代美学评论的人（大意）。在《红楼梦评论》中，王氏认识到《红楼梦》的美学价值为"一绝大著作""宇宙大著述”“我国美术史上之唯一大著述”[8]，以及前已引述的“彻头彻尾之悲剧”，“悲剧中之悲剧”，最早将《红楼梦》提高到中国文学史上前所未有的、也是应当有的崇高地位。第二，突破了“旧红学”的“一统天下”——评点派的零敲碎打的批语和索隐派穿凿附会的所谓考据。评点派的批评虽也有它的亮点，却过于零碎，而且多为封建士大夫的情趣和识见，而《评论》则是用现代美学和文艺理论对《红楼梦》作了完整的批评论述。索隐派津津乐道于将《红楼梦》中的人物、情节比附历史上或现实中某人某事，牵强附会；《评论》却“用艺术与人生作为价值准则来剖析《红楼梦》”[9]，其高明之处，是前者不可与之同日而语的。第三，《评论》也超越了后来的“新红学”的《红楼梦》是“自叙传”说，而将贾宝玉作为艺术的典型来评判，这在前面已经说过了。

《红楼梦评论》，横亘于“旧红学”和“新红学”的中间时期，异军突起。在击破“旧红学”上的某些功绩，“新红学”应当让位于《评论》的。

王国维对我国传统文化有极深的学养和厚实的功底。因此，他对中国古代文学艺术有深入而独到的研究和开创性的见解。他称屈原等古代大作家是“文学上之雄者”“高尚伟大之文学者”，“旷世而不一遇”，他的《屈子文学之精神》一文，“在中国文学批评史上具有划时代之意义。在中国文学史上，真正有创造性地科学地指出屈子是中国有史以来的第一位诗人的是王国维。”[10]

三、对中国古代戏曲的研究，王国维堪称艺坛独步，其集中表现则在《宋元戏曲史》（百花文艺出版社2002年版）一书。“此书是中国戏曲研究之开山之作”[11]，王国维自己也说：“世之为此学者自余始。”它和后来胡适的《白话文学史》，鲁迅的《中国小说史略》，陆侃如、冯沅君的《中国诗史》并被誉为中国文学史的四大名著。从撰写时间来说，《宋元戏曲史》最早，发表于1913年。作者在书中详细考证叙述了从上古到元末中国戏曲发展的历史，而以宋元戏曲、特别是元代戏曲研究为主要内容。其见解之新颖深湛，良可令人佩服。宋元戏曲是基层民众喜闻乐见的艺术品种，向被视为“下里巴人”，不能登文学艺术的大雅之堂，故官方史志及《四库全书》均不收录，其地位“托体稍卑”（王国维语），是很低下的。王国维慧眼独具，认识到宋元戏曲特别是元代戏曲乃是中国传统艺术的瑰宝，将它与其他文艺体裁并列：“美术中以诗歌、戏曲、小说为其顶点。”⑫这已是今天文艺体裁分类的雏形。王氏对元曲艺术的崇高评价主要有三点：

第一，元曲是最自然之文学。他写道：

> 彼但摹写其胸中之感想，与时代之情状，而真挚之理，与秀杰之气，时流露其间。故谓元曲为中国最自然之文学。⑬

第二，将戏曲和古代向以为是“阳春白雪”的高雅文体并列。他这样论述元曲之妙：

> 其文章之妙，曰：有意境而已矣。何以谓有意境？曰：写情则沁人心脾，写景则在人耳目，述事则如其口出是也。古诗词之佳者，无不如是。元曲亦然。⑭

第三，将元曲和世界大悲剧并重。王氏在同一书中的第99页写道：

> 则如关汉卿之《窦娥冤》，纪君祥之《赵氏孤儿》，剧中虽有恶人交构其间，而其蹈汤赴火者，仍出于其主人翁之意志，即列之于世界大悲剧中，亦无愧色也。

把元曲置于世界戏剧之林来比较和评价，这是王国维关于元曲的最独特的论点，打破了欧洲中心主义的悲剧统治地位，增强了中华民族的自豪感。要知道关汉卿等戏曲大家创作的悲剧，早于莎士比亚四大悲剧300多年呢。

四、王国维的文艺观的正面表现，还不只是上述诸方面。此外，譬如他在《人间词话》中提出的著名的“三境界”说，并用词作了艺术的诠释，至今尤为人们所经常引用：

> 古今之成大事业、大学问者，必经过三种之境界：“昨夜西风凋碧树，独上高楼，望断天涯路。”此第一境也。“衣带渐宽终不悔，为伊消得人憔悴。”此第二境也。“众里寻他千百度，蓦然回首，那人正在，灯火阑珊处。”此第三境也。[15]

这是作者对人生和事业的感悟，也是他对艺术的感悟。抽象出来，概要言之，三种境界就是向往——追求——发现。做人、做事业应当如此，艺术也应当如此。作为王国维的创见，“境界”并不是完全属于中国传统的美学范畴。它包含着我国诗学固有的概念——“意境”；王氏举的例证：“红杏枝头春意闹”“云破月来花弄影”的“闹”与“弄”带有动态，又近于西方诗学中的“意象”，因此“境界”可以说是中西文化融合而形成的美学范畴。

五、对人品与文品的关系，王国维也有很正确的见解。他在《文学小言》中说：

> 三代以下之诗人，无过于屈子、渊明、子美、子瞻者。此四子苟无文学之天才，其人格亦自足千古。故无高尚伟大之人格，而有高尚伟大之文学者，殆未之有也。[16]

这是今天我们也应该持有的看法。

面对王国维的学术成就，决不能认为他的文艺观已臻于完美；相反，王氏文艺思想中有着浓重的负面阴影。

王国维一生深受19世纪德国哲学家叔本华唯心主义思想的影响，并用之于指导自己对文艺的研究。他自己就曾说《红楼梦评论》立论“全在叔氏之立脚点”。荆竹在《王国维叙论》中也说：《红楼梦评论》“全篇运用西洋哲学——主要以叔本华哲学来探讨《红楼梦》”。《评论》的第五章《余论》中，以超过一半的篇幅爰引了叔本华的大段议论作为全文的结末，意在证明“美术之源出于先天”，出于“美之预想”，而非经验。这显然是一个唯心主义的判断。当然如果说完全源于经验，也并不正确，那又陷于机械唯物论的陷阱。正确的论断应当是：艺术品是源于客观现实，而又通过艺术家对现实进行观察、体验、分析、综合并和自己思想感情相融合铸成艺术形象创作出来的。

《红楼梦评论》全文以人生之欲和由此而产生的苦痛及其解脱为要旨。作者说：“美术之务，在描述人生之苦痛及其解脱之道。”[17]这也是叔本华“原罪解脱”的中国翻版。在文艺作品中，欲、苦痛、解脱并非不能写，它们的意义也不能一概否定。但王氏将它们作为《红楼梦》全书的要旨，看作是个人命运遭际变幻的由来，完全撇开了这部伟大现实主义作品的社会现实意义，就不能不陷于谬误了。

必须指出，也许是由于当时资料未曾发现的客观条件的限制，《红楼梦评论》并没有把曹雪芹原著的前八十回和高鹗续写的后四十回分开，而统一观之。《评论》中写道：“故此书中真正之解脱，仅贾宝玉、惜春、紫鹃三人耳。”[18]这三人的结局均出于后四十回，并非曹雪芹原著。由于论据有误，即使就解脱之道而言，立论也就流于空谈了。

对典型中的共性，王氏认为是“人类全体之性质”。抽出了某一时代、某一环境、某一类人的社会本质的某些方面。于是，“共性”就成了一个超时空的空壳。

在文艺观方面，我们不可以苛求于前人，但也不能不指出他们的局限性。特别是王国维生活的后期，已经是新民主主义革命时期，更不能不阐明他文艺思想中的负面成分。

那么在政治态度上呢?王国维更有值得批评之处。他一生忠于清室，头上的一条辫子一直保留到生命的最后，勾画出了一位清朝遗老的外部形象。1923年，已经是辛亥革命后的第十二年了，当时文名藉藉的他，竟然屈尊到玩偶式的逊清小朝廷去做一名“南书房行走”的“五品官”，向溥仪俯首称臣，可悲亦复可叹。正如列宁对列夫·托尔斯泰的评论：“一方面，是一个天才的艺术家……另一方面，是一个因为迷信基督而变得傻头傻脑的地主。”⑲

1927年6月2日，王国维自沉于北京颐和园昆明湖，终年50岁。关于死因，众说纷纭。但无论是殉清说、殇子说，抑或是为罗振玉所逼说、怕受北伐军惩罚说，他的死都是不足取的。

王国维英年自戕，本来还大有可为的学术研究戛然中止，自然是一个深沉的悲剧。而从社会发展的观点来看，时代前进了，把一个陈旧的形态送进坟墓，则是喜剧。对20世纪中国第一学人，第一个用现代美学和文艺理论研究中国文学艺术的学者，我们实事求是地得出这一结论，实在是很遗憾的。

[2009年6月3日于思濂庐之南窗下]

---

①⑨⑩⑪⑯荆竹：《学术的双峰》，宁夏人民出版社，2008年，第18、42、56、7页。

②《恩格斯给拉萨尔的信——论革命悲剧》，《马克思恩格斯 列宁斯大林论文艺》，人民文学出版社，1958年，第15页。

③⑦⑧⑫⑰⑱《红楼梦评论》，引自《红楼梦研究资料》，西北大学中文系1973年编，第468～469、462、476～480、465～466页。

④吴立昌、蒋国忠、黄霖、陆宗铎等编著：《文艺小百科》，学林出版社，1984年，第30～32页。

⑤⑥⑮况周颐、王国维：《蕙风词话·人间词话》，人民文学出版社，1982年，第191、203页。

⑬⑭王国维：《宋元戏曲史》，百花文艺出版社，2002年，第98～99页。

⑲《列宁论文学》，人民文学出版社，1959年，第11页。

清晰而朦胧：生活的牧歌

——读《屈文焜诗选》

夜，深深地，静静地。

北窗下，桌灯孤独地亮着。我倚床执卷而读，读宁夏人民出版社于今年3月推出的《屈文焜诗选》(以下简称《诗选》)。读着，读着，160多首新诗和散文诗在我的眼前连缀成一条彩虹，串起诗人创作这些作品的16年长长的岁月。我的思绪沿彩虹逆行，走到了风景的起点。

那是20世纪80年代初，记不清是什么样的日子了，在宁夏南部古老的山城固原，我初识诗人屈文焜先生。他身材魁梧，说话却细语轻声，给我的感觉是粗犷而细腻，刚健而柔和。我知道他是从苦甲天下的西吉走出来的汉子，曾在甘南大草原上有过军旅生涯，后来做了地方文学刊物编辑。也知道他能诗，作品视野新颖独特，充溢着山野气息，是宁夏诗坛上的“这一个”。后来陆续读了他的《苦恋》等几本诗集，更加深了这种印象。现在，摆在我面前的这本《诗选》，是文焜历年来作品的菁华，概括了他诗作的全貌，也使我从他的诗中获得了多元而具体的美感。从读者的角度来说，是否就是所谓“接受美学”的效应呢?

20世纪30年代末期，新诗大师艾青在他的《诗论》里写道：“诗，永远是生活的牧歌。”我对此话的理解是：诗永远为生活而歌唱， 生活是诗的土壤，诗又推动生活向前。几十年后，屈文焜又用他的诗为艾青的这句经典名言提供了新的印证。前已说过，屈文焜生长于宁夏南部山区，他熟悉并执著地热爱那片曾是荒凉而贫瘠的黄土地和它的山民，即使离开了那里，也无法排解对家乡刻骨铭心的思念，他将这些情结化而为诗，谱出了黄土地上的生活牧歌。有必要指出，怀有上述情结的人很多，只有受到缪斯钟情从而具有敏锐艺术感觉的诗人才能唱出牵曳读者心旌的歌声。请看《诗选》第二辑中的《摇耧谣》：

> 天摇晃/山摇晃/十里湾/摇耧忙//摇着铃铛/摇着春光/摇着心中的歌/摇着生活的桨//摇化了残霜/摇醉了山乡/摇开板结的土/摇合龟裂的伤//摇醒种子/摇来希望/摇出一行行诗/摇起一层层浪/天摇晃/山摇晃/十里湾/人摇晃

摇耧既辛苦，又不易，是农业生产中的技术活。诗人将它写得山摇地动，写得富于诗情画意，写得充满希望，极有歌谣味。如果不是对农活十分熟悉而又有诗的心灵触觉，能写得出这样美的篇章吗！在《田园指挥》中，作者唱道：

> 耧铃均匀的节奏/垄沟清晰的线谱/渠水流畅的旋律/组成了田园交响乐/在我的指挥下演出//我以晨风的舞步/代替手势/我以绿色的蔓延/交流感情/我以山峦的跌宕/表示力度//枯燥与醇厚的齐奏/繁重与轻松的和声/低沉与高亢的转调/和谐地震荡着/我的心和峡谷//啊，该是高潮了/麦浪般起伏的音符/阳光般辉煌的主题/反复着，共鸣着/从我颤动的指缝里溢出

诗里的“我”，雕塑的是山民的集体形象，他，调动着大自然，驱动着广袤的田野，指挥着天地大合唱。他，作为大自然的主人，不是“被”劳动着，而是主宰着、指挥着田野间的一切。诗人就这样将平常的农业生产写得有声有色、精彩动人，真称得

上是美妙的诗篇了。

毫无疑义，产生这美妙诗篇的第一成因，是源于创作主体对黄土地的热恋，上文已提及，这种热恋情结甚至随着诗人走出山区，进入城市而愈加炽烈。下面这首诗可以为证：

> 翻过千重山/涉过万条水/梦牵魂绕回乡路/冬去春又来//脸上是笑/身上是灰/掬一捧泥土闻着香/摘一朵山花也觉美/村头上的泉/淌着相思泪/望一眼：情深/喝一口：心醉//五年前的小树/长成了材/像一双双大手/随着轻风摆//哦!你好哇/沙枣子，苦苦菜/山里的土特产/还是那样有味//飞行：上过天/远航：下过海/战士扑进母亲怀/还是家乡最可爱（《归来》）

不须置评一字，读者就能强烈地感受到溢透纸背的浓郁乡情和诗情。屈文焜的诗就这样状写了山区的缤纷色彩，唱出了山民激越的感情，它是伴随黄土地前行的牧歌。

从艺术层面来看，上面征引的屈诗是比较传统的。所谓“传统”，是指中国新诗传统的创作方法，既有现实主义，也有浪漫主义；还包括继承我国古代诗歌赋比兴，以及从中国画借鉴的写意、工笔等许多具体的艺术表现手法。明朗清晰、便于抒情，是传统新诗的优长，曾产生过数不清的优秀诗篇。无可讳言，有一些传统新诗，也有直白、浅露的流弊。屈文焜的传统新诗，扬长避短，有含蓄蕴藉、诗意醉人之长，无直白浅露、不耐多读之短，前引诸诗便是明证。诗人的创作所以能有如此成效，贴近生活现实、艺术感觉敏锐、形象思维发达、汲取前人之长，当然是重要原因；此外，他深受现代诗的影响，也不能不是一个应当考虑的因素。现在，就对这后者作一些检视。

综观屈文焜的诗，大体上可分三类：

一类是传统诗，诗情泉涌，诗意盎然，诗味甚浓。前面已经做过剖析。

另一类为传统和现代相融合的诗，既有传统的风韵，又有现代的意味，读来使人感到清晰而朦胧。例如《给扫街道的妻子》，只有8行：

操起蘸满深情的大笔/在朦胧的街道上书写//用体贴丈夫的温柔/用亲吻孩子的热烈//画出绚烂的早霞/抹去冷漠的黑夜//等待出嫁的边城/是你爱情的杰作

从总体上看，这是一首传统诗，明朗清晰，深情，很美。但也用了些现代的笔法，如用“大笔”隐喻扫帚，以“书写”隐喻扫街，准确而形象。而“蘸满深情”、画出早霞、抹去黑夜，既切合现实，又有象征意味。结尾则又模糊不确定性，引人遐想，近乎朦胧了。因此，是不是可以说这是一首以传统风调为主，并溶进了若干现代手法的诗呢。

这一类诗，《诗选》中还有很多。再如《仰望雪山》：“白发与胡须/在你高高的头颅上/瀑布般流淌/冬天与春天/在你圣洁的躯体上/进行着较量”。这是诗的第一节，基本上是清晰的，“白发”喻雪，“头颅”喻山巅；“胡须”喻什么呢？是山上的树木吗？“冬天与春天”“进行着较量”是不是指白雪和树林的你进我退呢？这些就有些模糊了。第二节写攀援者登山，也还是清楚的。那么，第三节呢：“在寻觅中仰望/在迷茫中仰望/在苦难中仰望/啊，或哭或笑/是那样无与伦比/伟岸而沧桑”。第一二句还似能懂，接着就越来越朦胧了，读罢绝不会产生一览无余的感觉。结尾“人世间有一种归宿/总让我抬头仰望”，是什么意思？读者似乎明白，又不很明白，在懂与不懂之间；但却给人美感，引人深思。

《诗选》里还有一类诗，为数不少，就完全是现代诗了。譬如：

烧香的烧香/叩头的叩头/干涸的大泉河峡谷/淌不出一滴眼泪//暗淡的月色里/膜拜者个个昏昏欲睡/整个世界/只有两个人幽会/一个是艺术家/另一个是盗贼//荒唐!悲剧不悲/一场“丝路花雨”/下得大漠五彩缤纷/柔情似水//历史终于清醒了/美人们轻轻一笑/就从石窟中走出来/有的倒像是神仙/有的却变成魔鬼(《题莫高窟》)

如果盖住标题，再去掉“石窟”二字，能看得出是写莫高窟吗？恐怕不能。即使还有“大泉河峡谷”“丝路花雨”等短语，也并不是特指莫高窟的。然而，恢复标题和“石窟”字样后，读者又领悟到的的确确是写莫高窟。历来关于莫高窟的题咏可谓多矣，此诗绝不类于同题材、同体裁的任何作品。它独特奇瑰，似幻似真。“整个世界/只有两个人幽会/一个是艺术家/另一个是盗贼”，真是神来之笔，以个体表达整体，极准确、极精粹、极形象地描摹出对莫高窟艺术价值的估量。结尾也令人颇费疑猜，“魔鬼”象征什么，坦直地说，我搞不清楚；但觉得很有意思，很耐咀嚼。这样的诗属于现代派的哪一个分支流派，我看无须细分，只要确定它是现代诗就够了。

现代派文学作品的表现方法，常常用隐喻、象征、暗示、通感等等。其实，这些方法并非是现代派发明和专有的。就说隐喻吧，它是比喻的一种，原属汉语修辞学的范围，引入文学创作，拓展为艺术表现方法，由来已久，《诗经》的开卷之作“关关雎鸠，在河之洲”就是比喻兼起兴，称之为比兴。比喻分明喻和暗喻，暗喻就是隐喻，不出现表示“比喻”的字样。陆游的《卜算子·咏梅》可以说是整体隐喻，它又和象征相通。王安石的“春风又绿江南岸”，“绿”本来是颜色，这里却变成了动作（“吹”），这算不算是一种通感呢？话说得远了，回到屈文焜的诗。《诗选》中有一首《小夜曲》，也是现代诗。舒伯特的小夜曲是顶级美妙的音乐，从听觉上给人美的享受。而屈文焜却这样写道："舒伯特和他的小夜曲/在无形的相思树上摇曳//……啊，美极了/你的微笑的音色/也是苹果般的绿啊/是永恒与瞬间的杰作" 。把美的乐音变成"摇曳"的动态，将诉诸听觉的"音色"化为诉诸视觉的"微笑"（容颜）和"苹果般的绿"（颜色），使音乐的美感更凸显、更立体——这就是通感的作用。至于"永恒与瞬间"呢？"瞬间"大概是指创作、演奏，"永恒"可能是说流传、定格，是在前面用通感构成意象之后对小夜曲的艺术总评量。

我们再看另一首《太阳·卫星》，通篇用的是整体隐喻的方法，"太阳"和"卫星"隐喻事物和人以及他们之间的关系，也可视作象征。隐喻也好，象征也好，前已说过，都是现代诗常用的艺术表现法，诗人用的也很准确。可惜的是此诗用了副标题：《一个知识分子的自白》把"底"给露了，少了一份含蓄。其实，诗人所写，是绝大多数知识分子共有的思想感情，不用副标题，大家也都能感受到。笔者也写过一首类似的诗：《我不是哈雷彗星》，不幸也用了一个副标题：《一颗小行星的话》，其实也是可以不用的。我的诗晚写于屈诗3年，但写前并未读过屈的这首诗，因无仿作之嫌，这里也无广告"此地无银三百两"之意。两首诗题材和感受略近，构思、布局谋篇、话语迥异：各自表达，均独立成篇。我说此事，只是在于说明知识分子有某些大致相同或相近的思想感情和意象构筑方法。屈诗早于拙作，不消说是高我一筹的。

《我也是一座山》也是一首值得仔细吟读玩味的诗。作者写的是山吗？是山，诗中有"在两千九百米以上/又一次呼号"的句子，那正是文焜家乡的六盘山的海拔高度。但诗人仅仅是单纯写家乡的山吗？我看不是。诗中的主体"我"指的应当是人，"也是一座山"乃是暗喻(即隐喻)，并具有象征意义。"山"可以看作象征山民的集体形象，巍峨、坚强，奋力创造自己的生活；也可以将其视为诗人的自我形象，独立、挺拔，为山民的生活唱牧歌。“祖国啊，我也是一座山”可理解为一种暗示：山民和诗人自己都是祖国的儿子，从而表现了爱国情怀。此诗就这样表面上写山而隐喻、象征、暗示了山以外的形象。在艺术上，也许可称之为“象外之象”吧。这是一种被广泛应用的表现方法，我国古代诗歌中有之，如晏殊的“无可奈何花落去，似曾相识燕归来”；传统新诗有之，像臧克家的《老马》。西方现代诗和中国现代诗亦常用之，《我也是一座山》就是用的得法的一例，所以收到了良好的艺术效果。

《诗选》的第三辑是散文诗，共44章，为数可观。散文诗是散文化了的诗，是诗化了的散文，是诗与散文之间的边缘文学体裁，可以植入诗的花园，也可以归诸散文之苑，屈文焜把它作为前者，所以收入《诗选》。

精炼、诗美、抒情，是散文诗的体裁特征，屈文焜的作品当然具备这些共性。此外，还充溢着诗人的独特个性。这里仅谈数点：

哲理性。这种情况在通常以抒情为主的散文诗作品中是不多见的。屈文焜自辟蹊径，引理入情，理、情、象交融，凝成整体。《诗选》中虽不一定篇篇若是，但为数也不少。如：“每天都是一个新的行程：日出日落，一面是得到，另一面是失去。”（《在路上》）“偶然与必然之间，错把黑夜当作白昼一语道破。”（《静夜思》）“痛苦的结果是力量的凝聚，是又一次现实与理想的血泪浇铸。”（《永不驻足》）“用不着争论什么，我们都有足够的力量证明自己选择的是一条哲学之路。从合二而一到一分为二，从一分为二到合二而一……相信一切和怀疑一切都是危险的。”（《写在特快列车窗口》）哲理还多，再举就已成片而不是例证了。这些哲理常寓于象之中；坐在特快列车窗口突发奇想，想到了哲学问题，可谓天马行空。也并非整篇都是哲理，往往是一章中的片言只语，闪现着智慧的光辉。

现代性。屈文焜的散文诗和他的诗一样，许多篇章都是清晰而朦胧的。从每一句看，皆明白易懂；但整篇却恍惚迷离，读者须仔细琢磨，《梦在极地》就是比较典型的例证，标题和内文均使人悬想。老实说我不大明了，但觉得它很美，是一件精致的艺术品。其他有些篇章似能读懂，但也朦胧，《红叶如血》《大海中的女儿》诸章即是如此。

用散文诗的形式作诗话。中国的诗话、词话著作，传统的写法是精短，分则而述，袁枚的《随园诗话》、王国维的《人间词话》就是这方面的经典之作。当代用散文诗的形式写诗话，由于阅读面窄，此前我还未见到过，但觉得形式和内容很谐调。《诗选》中虽然只有一章《七月诗话》，共分6节，我以为未可忽视，不仅内容颇有见地，而且散文诗式的诗话也许是一个独特的发现。

《诗选》的体例为分辑编年，起自1980年，迄于1995年；最后一章散文诗未标写作年月日，不知脱稿于何时。从那时以后，文焜先后担任过高校的党委宣传部长、出版单位的人事教育处长。也许，行政事务的繁杂，各方面的协调纷纭冲淡了诗情吧，他的创作显著减少了，这是诗坛、也是读者的缺憾。而今，文焜已经卸却职务，退隐书斋；而且年尚未届花甲，前路犹远，文学创作正当更臻成熟之际，大有可为。写到这里，笔者以七绝一首赠给文焜先生：

卸却乌纱得自由，看花对月度春秋。
缪斯未觉年光晚，诗国相随任漫游。

我们热切地期待诗人继续唱起生活的牧歌，在诗歌创作上再造辉煌！

［2010年11月19日于思濂庐］

女作家笔下的女作家

——读《肖凤文集·传记卷》

我放下刚读完的一本书，坐在椅子里，眯上疲倦的眼睛准备休息一会儿。忽然三位女作家一路走来，立于我的眼前：萧红、庐隐、冰心(按年龄依次是庐隐、冰心、萧红)。她们是从刚才的书中走出来的，书的作者用文字符号将已经远去了的人请回来，再现于读者面前。这就是《肖凤文集·传记卷》(中国传媒大学出版社2011年6月出版。以下简称《传记卷》)所收的《萧红传》《庐隐传》和《冰心传》。肖凤是女性作家和学者，她在《萧红传·跋》中说："大概因为我是一个女性的缘故吧，所以特别珍爱我们民族的优秀女作家。"因之，她的三位传主便是女作家笔下的女作家了。

那么，这个命题的蕴含有些什么特点呢？我以为：一是"女性"；二是"作家"。就第一点来说，又分为二：

首先，作者从女性的视角考察她的传主的生平，特别关注她们的命运。五四时期的女知识分子，为了维护女权，挣脱封建婚姻的枷锁，是她们首要的抉择。庐隐当然是如此；萧红生得晚一些，但由于长在封闭落后的边陲小城，依然饱受封建婚姻压迫之苦。作者写尽了萧红在这方面的苦痛和劫难。"萧红为了逃避包办婚姻和家庭的虐待，毅然从呼兰县逃到哈尔滨"，再逃到北平，依然没能逃出封建婚姻的魔掌，终于失身于被父亲所包办的男方。那个无赖男人竟然留下600多元的债务让她偿还而潜逃无踪；但她也到底摆脱了这场噩梦似的“婚姻”。肖凤笔下的庐隐更为刚强，她勇敢地解除了不如意的婚约，又不顾强大的旧势力舆论的反对，和自己所爱的人结合。两位现代女作家都追求光明美好、妇女解放，一个生性柔韧多感，一个性情热烈豪爽，不同的性格，经过另一位当代的女作家的审美观照而活灵活现地再现了出来。

《传记卷》的第三位传主——冰心的命运和前面二人迥然相异，她生长在开明的家庭里，从小就受到良好的教育，接受五四前后的新思想，直到大学毕业、出国留学，恋爱和婚姻也都是自己做主。书中多次写到冰心父母的开明，这当然是史实，但在当时确实是很罕见很难得的。在三位传主中，后者和前二者的命运反差如此明显，收入一书，形成对照，我觉得，这更凸显了传记作家对前辈女性的深挚关切。

《传记卷》的女性特点，还在于细腻的笔触以及由此流泻的柔情。作家写了萧红短促、美丽、悲剧的一生。极为细致地描写萧红在后花园寂寞的童年时光，她的反帝反封和爱国的思想与行动、颠沛流离的生活、人生后期感情历程的波澜……肖凤用同样的生花之笔写庐隐的抗争、奋斗、创作、爱情、漂泊……传记作家抓住“爱”“海”“书”三个特点，精致地画出了冰心的童年生活状况。书中对三位女作家的心理，也有许多细微传神的抒写，特别是引用传主自己的文字来表达她们的心理，显得更为真切。

作品中，萧红孤独地夭亡于日寇铁蹄下的香港的情景，感人至深。记得1942年，青年诗人李满红的《悼萧红》中的诗句：“对于死/在这战争的年代/我是不常感到悲哀和感动的/但对你那青春的夭折/我却要向苍天怨诉了”（满红自己不久也更“青春的夭折”了），曾给13岁的我很大的震撼。69年后的现在，我读肖凤《萧红传》里的语句：“这时，她的咽喉已经发不出声音，她的身体已经极度地虚弱，她无法喊叫，也无法呻吟，更无法留下遗言。在与这个世界告别之前，她的心里一定会有无限的感慨，她还年轻，却尝尽了人生的苦酒，她对那个罪恶深重的社会是深恶痛绝的，但是如果想到未酬的壮志，她又该产生多么强烈的生的欲念呢！她就在这种沉默无语的痛苦之中，忍受着临终前的煎熬，度过了弥留的时刻，而终于在1942年的1月22日，默默地离开了人间。这一年她只有31岁。”

这是和泪的笔墨，心里流血的书写，给了82岁的我的心灵更剧烈的震撼！使我不忍卒读而又不能释手。

《传记卷》写庐隐35岁因难产逝世的情节也同样如此。作者依据资料，具引了庐隐临终前对丈夫说的一番话，使得这对夫妇永别的悲痛之情更加真实和感天动地。至于《冰心传》中，有关母爱、童心的充溢美好感情描叙，满卷都是，不再多举。

这些关于女性作家的至情至性的文字，非是女性作家不能写出。

《传记卷》不是一般史志上那种大事年编式的人物传，如果定要溯源的话，在本书的笔法中，倒可以找到《史记》的某些影子。肖凤的书是传记文学，也就是说，它既是翔实的人物传记， 又具文学作品的审美品位和特性：这种品位和特性，也分为两个方面——书中倾注了创作主体的强烈感情，这一点在前面已经说过。精心而艺术地塑造传主的形象，重视细节真实的描写和语言的文学性，也都是这卷传记的美学特色。萧红反对封建家庭的压迫是逃脱，对日寇侵略是悲愤和鞭挞，庐隐对封建旧势力的抗争是冲决一切，其奈我何的勇气，冰心是在五四运动大潮中成长和前进的。肖凤总是把她的人物放在时代和社会的大背景中去抒写她们不同的个性，而又都归结到传主的文学创作上去。传记里的感人形象又往往是通过生动的细节描写而鲜明地凸显出来的。在《萧红传》中，当舒群蹚过深水去救被洪水困于旅馆楼上、身无分文的萧红时，作者将一个青年弱女子孤身无助、濒临绝境及其突然绝处逢生的神情心态，写得是何等逼真而感人啊！写小庐隐拆散姨母的表，因害怕受罚，躲进花园里的假山洞直至夜晚才归，作者细致的笔触，使一个小女孩好奇、恐惧的情状心理跃然纸上。表现冰心在母亲逝世时的哀痛心情，则是引用传主《南归》《我的母亲》等散文中的原话，传记作家并未多加自己的叙述，却更为哀戚感人。

语言美是文学作品美学特征的第一要素，肖凤十分注重语言的锤炼和修饰。三部传记的语言都富于感情，色泽鲜明，似水流畅。《萧红传》开头关于松花江的那一段描写，本身就是一首优美的散文诗；在《冰心传》中，写冰心初到美国威尔斯利女子大学留学时看见的月夜景色和她触景生情而引起的乡愁，也是一段诗意浓郁的美文："没想到，第二天的夜晚，在她最不提防的八月十六，她偶然地走入了住在楼东的一位同学的房间，却忽然看到了满室的月光！她对着室中清亮的满月，心中立刻涌起了无限的感伤，她被一种强烈的辛酸之感困扰着，仿佛是站在万丈悬崖的顶上，她真想纵身向下一跃，跳进这充满了乡愁的海水之中去。"

这样美丽的文字，传记中俯拾皆是，不胜枚举。《传记卷》也可以说是一部语言隽美的长诗

《传记卷》的三位传主，都是现代著名女作家，为其立传，重中之重当是叙写她们的创作生涯，评述她们的作品——这也是本书文学特征的另一个重要方面。

在古文教学中，对文章从头至尾有序地讲解，称之为"串讲"；我想借用这个词组，改一个字，"生造"一个词组："串评"。肖凤在传记中，对她的三位女主人公的主要作品，就是采用了串评的方法。她从萧红发表的第一篇作品短篇小说《王阿嫂的死》说起，一直谈到这位女作家的最后一篇作品《给流亡异地的东北同胞书》，中间以时间为序，夹以评述萧红的短篇小说、散文、戏剧、诗和长篇小说。对庐隐作品的评价也是如此。在

《冰心传》里，先评述传主的“问题小说”，那是反映了五四时期新旧思想冲突及当时的社会问题的作品。继而论及她的散文和诗，以冰心后期创作的短篇小说《空巢》作结。其实《空巢》也是“问题小说”，提出的是20世纪后期的社会问题，写的虽然是美籍华人家庭的事，但这种现象晚近有逐渐扩大之势。

串讲古文应抓住重点、难点，串评作家的系列作品也要有重点。《萧红传》重点评述了长篇小说《生死场》和《呼兰河传》，对前者，着重叙述了此书出版的艰难过程。《生死场》是一部反映东北人民抗日斗争的小说，被当局的书报检查委员会长期扣压不准出版；后由鲁迅解囊相助，并具体操作，以“奴隶丛书”的名义出版。关于《呼兰河传》，肖凤用了1500多字来评论，她写道：“她（萧红）把20世纪20年代的东北农村，放在显微镜下来端详，用她那枝生花妙笔涂抹了一幅色彩丰富的东北农村风俗画。”

庐隐的作品多写青年男女知识分子的感情世界。《庐隐传》对这方面的作品有重点地进行了阐释。如中篇小说《海滨故人》，这是庐隐的成名作，也是她的代表作。传记认为，小说女主人公露沙的形象，“其实正是庐隐本人在朋友心头留下的印象”；露沙的心路历程，“正是庐隐与郭梦良当时的处境和心情”的写照。对传主篇幅最长的小说《归雁》，传记作家用了长长的2000字来评述。

那么，《冰心传》呢，母爱与童心是传记述评的着重点，冰心的儿童文学经典作品三组《寄小读者》（实际上是四组，冰心自己误记），像一条银链贯串于传记之中。此外，传主的亲情散文、组诗《繁星》、奇书《关于女人》以及上面说过的“问题小说”，也都在传记作家注意的视野范围内。

串评与重点阐述作品相结合，勾勒出了三位传主创作生涯的清晰印迹。为作家立传，就是在叙其生平的同时，着力评述他

（她）的创作和作品，所以三部“传”实际是评传，《冰心传》就曾被中国社会出版社以《冰心评传》的书名出了第三版。这部传记曾由《中国妇女报》评为“最佳图书”第一名；第二版配以200多帧传主的照片，题作《冰心图传》，并获马来西亚华文“冰心文学奖”。

我曾在一篇文章里说过：“肖凤的《庐隐传》是一本评传，出版较早，可以看作是社会主义新时期以来庐隐研究的领军之作。”我自知阅读面有限，孤陋寡闻，不敢轻作论断，留了点余地。现在见到香港《文汇报》编辑竹立先生所说的话，知道了《庐隐传》是关于“庐隐生平的第一部详细传记”。肖凤将一位湮没于岁月的云烟里、“几乎被人遗忘”（竹立语）的20世纪二三十年代活跃于中国文坛的著名女作家钩沉出来，使她及其作品重现于世，这是一大功绩。我从少年时代起，陆续读过萧红和冰心的许多作品以及关于她们的一些资料，而直到这次，才从《传记卷》中第一次读到两位女作家的完整的传记。

综上所述，笔者认为，《肖凤文集·传记卷》是对我国现代文学研究、尤其是对现代女性文学研究的重要贡献；它本身也是一部优秀的长篇传记散文作品。

［2011年10月5日于银川］

断代专门史的丰厚文本

——漫评孙一珍《明代小说史》

小说史是文学史的一个分支，前者是专门史或称之为专史，后者是综合史。小说史而外，文学史还有诗史、报告文学史、戏剧史(戏曲史)等分支。戏剧史也可以和文学史并列而立。在20世纪以前，中国文学没有系统的史著。1904年，林传甲著的《中国文学史》面世，但此书排斥小说，固无详录[①]。十九年后，即1923年，鲁迅的《中国小说史略》出版，是我国小说史的开山之作，也是经典之作。鲁著系小说的通史。郑振铎曾主张当有以朝代为分的断代小说史[②]，嗣后亦不多见。孙一珍先生的《明代小说史》原为有关部门拟出的十四卷本文学史明代卷的小说部分，后来，明代卷忽告中止；于是，遂作为一部独立的学术著作由中国社会科学出版社于2012年出版。

《明代小说史》全书凡二十二章，洋洋洒洒，44万余言。从当时的政治、经济背景和文化长河的流向，阐释了奠定明代小说繁荣景象的社会基石与文学渊源，分四个阶段纵向梳理了有明一代各类小说发展的源流脉络，又横向论证了其总体艺术特征以

① 《鲁迅全集》，人民文学出版社，1982年版,第9卷，第4页。

② 《鲁迅全集》，人民文学出版社，1982年版,第9卷，第3页。

及具体作品的美学蕴含，并对这一断代的小说的篇幅、文体、题材、分类、思想、艺术、影响（历史地位）等诸多方面进行了详尽的解析。既对前人学术成果有明显的增益，又多有作者自己独立创新的见解。通览文本，我觉得，这是一部全景式的、分量丰厚的断代小说史。下面，略谈几点笔者读后的感言——

进行历史叙事书写，蒐集、阅读资料是第一要务。以史料资源为据，再作论评，是为史著。按这一标尺衡量，《明代小说史》搜罗的资料是极其宏富完备的。书中列举的各类小说，从近百万言的长篇巨制《水浒传》《金瓶梅词话》到仅有二十四个字的笔记小说《梅姑》，从长篇历史演义到幻化神魔故事，从话本、拟话本等白话小说到文言体的短篇笔记，以至文言中篇小说，莫不入列。对于明代小说，本书可以说是有文皆备，无书不臻。据笔者粗略统计，书中对整部头的小说，或详加剖析，或略作评介的，当有二百多种；如果加上单篇作品的评析，就更多了，再算提及的，总在千种以上，仅在笔记小说一目内，就提到五百五十多种。在述及《剪灯新话》系列及其影响时，一连列举了二十多种此类小说。

说起明代各类小说的版本，本书更是如数家珍。即以《三国志通俗演义》而言，作者引孙楷第《中国通俗小说书目》二十八种版本的数字，当然不能一一叙述，而详细介绍了八种。对《水浒传》，《中国小说史略》列举了四类六种版本；《明代小说史》在此基础上历述繁本十三种，简本八种。关于《西游记》和《金瓶梅》的版本，本书分别列举了七种和六种。对明代文言短篇小说和白话短篇小说的版本，孙一珍也进行了考究，书中述及《剪灯新话》版本六种，《初刻拍案惊奇》版本竟达十二种之多。即使对一些不甚知名的小说如《东西晋演义》等，作者也不吝篇幅，给以版本解说。在版本的叙介中，一般述及书名、作者姓名、回（卷）数、序跋、正文的增减与改动情况、书中诗词、刻印单位或刻印者，以及印制质量，等等；并对同一作品的不同版本进行比较，指出其差异，如对《金瓶梅》的“词话”本和“崇祯”本，就指出了二者的四点差异。本书就以这样丰盈翔实的材料，帮助读者明晰地了解明代各类小说及其版本的状况。

本书史料之完备，究其原因，大概不出三个方面：其一，作者精心全力地搜集、仔细地阅读。这并非易事，要不惮辛劳地奔走于馆藏之地，查找、抄录、复印、借阅、研读，才能融入自己的著作之中。其二，与书的体裁有关。小说通史的要旨是把握整个历史的小说发展大势，不能、也不必要对某一朝代的小说详述无遗，此鲁迅关于中国小说史的经典著作之所以称之为“史略”也。断代小说史则不受此阈限，有足够的篇幅容纳尽可能详尽的史料。其三，资料发现的时间也有关系。例如关于“三言”，《中国小说史略》写道：“‘三言’云者，一曰《喻世明言》，二曰《警世通言》，今皆未见，仅知其序目。”到了《明代小说史》写作时期，二书早已出版，著录也就方便了。

优秀的历史著作，总是在大量史料的基础上确立作者的理论建构，对史料阐发自己的见解。史料是客观存在，理论和见解是观念形态，后者是前者经过著作人的思维辨识而形成的主观映象。客观和主观二者在著作中是统一的。如果先展示观点，再寻找史例以证，那是倒置；若有史无论，则是材料堆砌，也是资源的浪费。《明代小说史》和其他优秀史著一样，以史为据，在明代小说史实之上立论。史论结合得如水乳交融，恰到好处。而且，还有它自己的许多特色。

从文学评论的视角进行史论，是本书的亮点之一。书中对许多小说，从作品诞生的社会历史环境、故事情节的演变、人物形象的塑造、思想内容、艺术特征、作品在文学史上的地位，等等方面，都作了全面而深刻的分析论评。如果将书中述论某一部小说的有关章节抽取出来，便是一篇独立完整的文学评论文章。关于《三国志通俗演义》《水浒传》的部分是如此，关于《西游记》《金瓶梅》以至其他小说的部分也是如此。

无论是塑造抑或分析文学作品中的人物性格，忌单线条、平面化，而应置于典型环境中辨识其复杂性。以曹操而论，自宋代“说三分”以来，便是反面人物；演化至《三国志通俗演义》，其第四回结末诗云：“操卓原来一路人”，给他定位为反面典型。但罗贯中并没有将其作脸谱化处理。孙一珍充分认识到这一点，她在《明代小说史》中这样评论：“罗贯中基本上按《三国志》和裴注的史料把曹操写成一个胸怀大志、有谋略、熟悉兵法、唯才是举的英雄，同时又奸诈、凶狠、善于玩弄权术，因此，也可称为奸雄。”接着列举事实具体论证了曹操性格的这两个方面。显现了一个文学评论家用审美的眼光评论历史人物的风范。

“中篇小说”也是一个现代的文学概念。现当代学者将“长篇小说”“短篇小说”等概念用于论古代文学作品已不鲜见；一珍先生将“中篇小说”概念引入明代小说研究，孤陋寡闻如我，还是首次见到。本书第一章中说：“明代也不乏中篇小说，如《钟情丽集》等，只是当时尚未正名而已。”也就是说，有客观存在而无相应的名称。在书的后半部中，作者用了两节的篇幅专门论述明代的中篇小说。第十二章第二节的题目是《中篇文言小说》，文内具体评论了《申厚卿娇红记》《钟情丽集》《龙会兰池录》《刘生觅莲记》《怀春雅集》等多部中篇文言小说。这些小说都是以爱情的悲欢离合为题材的。作者说：它们“为明代小说的百花园中增添了一簇温馨的奇葩。它们的题材虽是古老的，却以抒情的笔法道出了青年男女的拳拳衷肠。”并肯定了这些小说在文学史上的地位和影响：“它不仅在小说发展史上有不可取代的作用，而且对了解明代市民的风俗习惯、文人情趣、读者倾向也有极其重要的作用。它上继唐人传奇、明初的“剪灯”类小说，下讫明末清初才子佳人小说，尤其与戏曲传奇关系紧密。”

第二十二章第一节为《明末中篇小说》，从“反映了明末日趋窳败的社会风气”“歌颂了自由的爱情”“善于从对比中刻画人物形象”“绝妙的讽刺”等四个方面阐论了《鼓掌绝尘》《鸳鸯针》《弁而钗》《宜春香质》等一批中篇小说的内容和艺术特色。通过这两节文字，在古代小说研究中确立了“中篇小说”的概念。

学术论著贵在有超越前人而又理由充足的创新见解，这正是《明代小说史》的又一个闪光点。这在前面已有论及，再从给长篇小说分类来看，前辈学人一般将明代长篇小说分为讲史、神魔、人情（也称“世情”）三类，本书根据明代长篇小说的实况，将其扩展细分为九类。作者写道：“笔者在学习《中国小说史略》等前辈学者论著的基础上，试图对明代纷纭的长篇小说流派作一分类和评述，从而进行全景式的比较和缕析。我认为从题材和写法着眼可分为历史演义、英侠传奇、幻化神魔、长篇传记、宫闱秘史、状丑摹俗、抒写爱情、猥亵实录和时事小说等九类。”

将讲史一类缕分为三，完全符合当时长篇小说的具体情况；将《水浒传》《杨家将通俗演义》《孙庞斗智演义》等从“历史演义小说”中划分出来，并指出其与后者有四点不同，另立“英侠传奇”一类，是十分贴切到位的，也是一种创见。在“神魔小说”前面加“幻化”二字，使这类小说的类概念更为周延。对前人所说的“人情小说”（世情小说），作者在宏观上表示认同，但也指出：“以此归类似乎失之宽泛。”故将其分为“抒写爱情”、“状丑摹俗”等几类。而以《吴江雪》《玉娇梨》《金瓶梅》等作品为其主轴。

明朝是中国长篇小说的肇始期，也是繁荣期，俗传古代长篇小说“四大奇书”，全部或至少有三部（因书名尚有歧说）产生在于明朝，孙一珍用“繁花似锦”形容明代长篇小说的繁荣局面，确实是如此。《明代小说史》将长篇小说分为九类是恰如其分的；依我有限的阅读范围，尚未见此前有过这样的分类，因此，我以为这是一种创新，表现了作者敢于超越前人的学术勇气和新锐见解。本书的创新之说并不止于长篇分类，有的下面再说。书中分的第九类“时事小说”，在前一节已经论及，在后面分述第九类时，却代之以“各类短篇”，于体例有所不合。他日再版，当能得以调整。

《明代小说史》还有一个堪可称道之处，那就是论述小说不是囿于既定的断代范围之内，而是将其置于小说发展的整个历史长河之中考察作品的来龙去脉。还是以书中论述《三国志通俗演义》为例吧。《中国小说史略》说它“皆排比陈寿《三国志》及裴松之注，间亦仍采平话，又加推演而作之”，将《通俗演义》的源头上溯到晋代。孙一珍在学习、赞同鲁迅之论述的同时，提出了两个补充论点：一是“历史演义小说和元代历史戏曲的发展分不开”，并举大量“三国戏”为证，“戏曲中张飞鞭督邮的情节，为演义小说所吸取”；二是“历史演义小说的出现与明代的科技商业发展有关”，“印刷术和造纸业的迅猛发展和提高，与历史演义小说的问世有直接关系”。这是两个新的命题，我想，也应该是孙一珍先生的发现。关于《三国志通俗演义》在文学史上的地位及其影响，《明代小说史》是这样写的：“《三国志通俗演义》为中国历史演义小说第一楷模，它的广为流传促使明代涌现出一大批历史演义小说，从而形成一个流派。”“在中国小说史上有继往开来的意义，它总结并发扬了此前话本小说的成就，为长篇历史演义小说开辟了新路。”“在戏剧舞台上，各个历史时期的历史剧要数三国数量最多……如《借东风》《群英会》《空城计》《草船借箭》等都是《三国演义》以后产生的。不言而喻，它们都是从小说派生出来的。”“由《三国志演义》改编而成的《三国志鼓词》长达一百七十二卷，要连续几个月才能说唱完毕，在民间流传极广。《三国志演义》的连环画更受少年朋友的欢迎。”这就是本书对《三国志通俗演义》源流因果效应的评述。对其他长篇小说乃至文言的、白话的短篇小说源流的考察也是这样前溯后迤的。如说："《剪灯新话》在文言小说史上具有承前启后的作用，它继承了唐宋传奇的写法，并为《聊斋志异》提供了示范。《剪灯新话》中许多篇章为后来的戏曲和白话小说所吸取、改编……由此可见，《剪灯新话》对后世直接间接的影响是明显的。"对白话短篇小说的发展趋向，作者甚至断言："如果没有洪楩对《六十家小说》的收集、编排和出版，就不可能有冯梦龙、凌濛初这两位大师的出现。《清平山堂话本》乃是从话本走向'三言''二拍'的一个必要的台阶，在白话短篇小说的发展环链上为重要一环。""在'三言'的影响下，白话短篇小说如雨后春笋，层出不穷。作者们的创作意图在警戒世人。"经过这样的缕述和梳理，明代小说史的发展脉络就更为清晰了。

读罢《明代小说史》，就想写一篇评；待写了出来，觉得松松散散、零零碎碎，说是"漫评"，其实只能算是点点滴滴的读后感而已。

[2014年1月6日下午5时于银川]

文内的引文未写明出处者，均引自《明代小说史》。

文似看山不喜平

——读《朔方·文艺评论专号》

意外地收到《朔方·文艺评论专号》(以下简称《专号》)，眼前不禁一亮。书页里透射出光芒，阐发着辉煌——宁夏文艺评论的辉煌。

我说“辉煌”，是不是过度了呢？一点也不！作为宁夏文艺评论事业筚路蓝缕旅程的亲历者之一，我切切实实感受到今日之辉煌。从办刊、作者阵容，到刊物分量，文章的理论载重等诸方面，莫不如此。

31年前，即1984年，宁夏文联成立了文艺理论研究室，我担任首任主任，直至1994年退休。我本非专攻文艺理论者，又乏组织才干。勉力滥竽其间。还有两三年时间兼任他职，所谓“兼任”，实际上是全天候的。所以，我虽然也尽自己的绵薄之力去做文艺理论和文艺批评的工作，但是建树无多，深自愧怍。那时也有个文艺理论刊物《塞上文谈》(内刊)，由我主编。原来每年出4期，后因经费支绌，一年只能出两期。文联一位领导曾苦笑着对我解嘲地说：“那就只好是每年1、2期合刊，3、4期合刊了。”记忆所及，高嵩、刘绍智、荆竹和当时崭露头角的郎伟等诸先生的文论是《塞上文谈》上的“重头戏”。刊物是由“通讯”衍化而来的，囿于主客观条件，就整体水平来说，其理论底蕴尚属于浅层次。我卸任后，刊物由高嵩、荆竹二先生接办，改名《塞上文谭》。办得正有起色时，终因经费不能维持而悄然停刊，高、荆二位只好叹息“无可奈何花落去”。这一“落去”就近20年。于今，由于宁夏文联领导重视文艺理论的发展，宁夏文艺评论事业的客观需求，经过宁夏文学艺术院的努力筹划准备，《塞上文谭》终于复活了!“似曾相识燕归来”，“归来”的并非“旧时王谢堂前燕”，而是带着崭新面貌的《专号》，一出台就实现了三个“首创”：第一，以《朔方》增刊的形式公开面世，我的印象里，公开发行综合性的文艺理论（评论）刊物，宁夏此前还不曾有过；第二，《朔方》出过回族文学专号、小说专号、诗专号、青年作家专号、女作家专号，现在出文艺评论专号，还是第一次；第三，《朔方》出过小说、散文以至诗歌的个人专辑，我搜索记忆，文艺评论个人专辑登台亮相，似乎也是首见。这些“首创“，当然是宁夏文学艺术院和《朔方》文学月刊编辑部通力合作的成果。

现在就来叙说《专号》的两个个人专辑。许峰和王艳都是“80后”的、拥有硕士学位的青年学人。一个来自黄河入海口，一个根生于干旱的西北黄土高原，却同在塞上江南文学名刊中各列方阵，显示了办刊者对新秀的扶掖和许、王自己的勤奋与写作实力。

许峰从事文学理论研究和文学批评工作，师从著名的文学评论家郎伟先生。在导师的关注下，他对民族文学和地域文学进行了深入的研究，“专辑”中的《民族性表达的焦虑与研究导向的问题》和《文化守成中的宁夏长篇小说》便是这两方面研究成果的典型文本。前一文不仅叙写了少数民族文学边缘化的生存状态，这并非作者首次描绘的，而且尖锐地揭示了民族性和现代化的冲突，这是一个新的命题，是许峰的独特的发现。后一文分阶段、分类型评写宁夏长篇小说的发展所取得的成就，也指出了其“地域经验羁绊的痕迹仍然十分明显”。作者对这种“文化守成主义”的阐释，道理和前一文的书写具有同向性，只是以地域性代替了民族性。作者在这两文里切中肯綮地指出问题的同时，又在现代化、全球化的大背景下，对民族性、地域性提示了研究方法的“更新”和创作理念“走出去”的导向。还有那篇《抗战剧的娱乐化与雷同化》，切中时弊，显现了敢于挑明“皇帝没有穿衣”的勇气，这里就不多评说了。

王艳是美术评论家和美术教育工作者。笔者不懂美术，对她的个人专辑，不敢门外谈艺，随意置喙；唯觉她的文章有相当的理论厚度和艺术洞察力。但对其《曾杏绯：师古人之精魄，写时代之豪情》一文，却想说几句感言。因为我曾为杏绯先生的画集《灿若绯云》写过一篇序（此画集似乎至今未出版），比较认真仔细地观看过她的画展，研读过她的许多画作。记得我还为此作过一首七律，颔联两句是：“丹心未老丹青老，画笔难新画意新。”这里原有继承传统和表现时代精神之意。但诗歌意象是感性的，吟时并未作深层的理论思考。读了王艳的文章，深受启发，恍然大悟。王文梳理了没骨画传统的来龙去脉，并指出曾氏的画在接受没骨画传统的基础上彰显出画家本人的艺术个性，即“师古而不泥古”。花卉画也能写“时代之豪情”吗？王艳在文中引了杏绯先生的一句话，就作了准确而肯定的回答：“画家的责任就是美化人民的生活，艺术创作应该服务于人民群众。”王艳赞道：“这是真正‘为人生的艺术’……”王文使我学习曾画有进一步的感悟，上面所引两句拙诗，不过是我读曾画当时的一种模糊的感觉而已。

请恕我孤陋寡闻，读了《专号》，才知道诗人杨梓先生编选了一部《宁夏诗歌选》，规模宏大，贯通古今，聚瑰宝于一库，存诗史于朔方，其功众目睹焉。诗史是对诗歌发展过程的叙事书写，诗歌选则是诗歌史实本身，是诗史之具象的展现，此杜甫的作品之所以被称之为“诗史”也。荆竹先生为《宁夏诗歌选》作了一篇序：《宁夏诗人人格类型摭论》（下称《摭论》），理论色彩浓郁，论述分量厚重。我们知道，从艺术作品层面上说，风格即人，诗歌的表达，其实就是诗人自身；诗的品格即是诗人的品格，而这种品格又和诗人的生存状态息息相关。《摭论》将决定诗人人格的要素分为社会环境、文化环境、自然环境三个方面，确是至论，而最后一个方面往往为诗论家所忽略。在文章的中心部分，评论家将20世纪宁夏几代诗人主导人格类型分为三种：政治型人格、人文型人格、超然型人格，各举出具体的诗人证之。对这些应运而生的诗人人格类型的差异及其各对诗歌创作的作用有充分的论证，也指出其中的某些缺失。荆竹的文学语言有其独特个性，流畅而沉稳，与时俱进的现代学术语言和普通的叙事话语自然谐和，构成比较完美的文论艺术品。如果定要寻找一点“憾”的话，那就是对具体作品的评析少了些，这也是“序言”不能写得太长的文体阈限的无奈之举，作者明知，读者也当理解。要是给每个诗人都评一首诗，那就不是“序言”，而是一本书了。

杨建国的《对文艺创作与生活关系的思考》在文艺创作“源于生活，高于生活”的普泛原理之外，加提了一个“入于生活”，认为三位一体才构成真正的创作规律。这是一个新命题，作者也言之成理，值得进一步探索。他还指出，文艺作品是作者和受众共同完成的，没有受众，就不算文艺作品。我认为这个论断下得有见地，从文艺美学来说，作品是创造，从接受美学来说，作品也是创造，二者融合，完成作品。

前人有诗句云：“文似看山不喜平。”是指文章的气势应当像山一样起伏不平。“平”，也可解作平庸；文章是不喜欢平庸的。综观以上解读的几篇文艺评论作品，艺评与文论有异，内容和形式各别；径庭相差，各具特色。然欲异中求同，亦可概括出它们的共同之点：视角新锐、视野宽阔、直面现实、见解新颖、个性凸显。总之，就整体而言，都是和“平庸”绝缘的，真正的文艺评论应当如是。即便偶有缺憾之处，那也是无关宏旨的事。

繁花满树，我只试着绘出几朵，还不知道“描红”有没有走样？倘若每文必评，那又将是一本书了。只好也留下一个“憾”字，戛然而止。再说，好文不怕楼层远，自有粉丝来问津。读者慧眼识文，又何须笔者继续饶舌呢。

[2015年1月26日于银川]

跋:幸有俚词聊自珍

吴淮生

这本书并非是新创作，而是从我已出版的几个集子和散篇发表的约两千件各类体裁的作品中选出百分之十的篇章编成的，计收入新诗62首、旧体诗词曲102首（因为旧体诗词曲短，又是连排，节省篇幅，就选得多一些）、散文37篇、文学评论8篇。它是我的第十二本书稿。入选的也不是什么“精品”或“代表作”之类，只是在我的各个时间段的作品里分别选了一些；由于时间匆促，来不及仔细推敲，挑选工作是相当粗疏的，不一定表达我创作的概要。因为都是已经发表和出版过的东西，为保留原貌，入选的作品未作改动。此外，我还发表过许多报告文学和少量的短篇小说，这里都未选入。

我于1945年发表处女作散文《黄昏》迄今恰好是七十年。漫长的岁月哪，回顾以往，成绩又是如何呢？我有两句旧诗：“愧疏佳什惊天下，幸有俚词聊自珍”，便是概略的写真了。

宁夏文学艺术院在筹划编辑、出版的这套“塞上文艺名家书系”中，给了我一个出版“诗文选”的机会， 首先感谢宁夏文联领导郑歌平主席。在编选、付梓的整个过程中，得到哈若蕙、杨梓、马星诸位先生的大力帮助，使我能为既往的创作生涯留一份存念，在这里谨致衷心的谢忱！

倘若天假以年，视力尚能维持（我的目疾甚重）的话，我将在创作之路上继续前行。

2015年4月25日于银川